최척전
세상이 나눈 인연 하늘이 이어 주니

7

최척전

세상이 나눈 인연 하늘이 이어 주니

전국국어교사모임 기획·최성수 글·민은정 그림

Humanist

'국어시간에 고전읽기' 시리즈를 펴내며

고전을 읽어야 한다는 가르침은 어릴 때부터 귀가 따가울 만큼 들었다. 그러나 몸소 이를 따르는 사람은 흔치 않다. 종종 고전을 가까이하는 사람들이 있는데 이들은 대체로 삶을 헛되이 보내지 않고 훌륭한 일을 이루어 세상에 뚜렷한 이름을 남겼다. 고전 안에 그만큼 값진 속살이 들어 있기 때문이다.

고전이 이처럼 깊은 가치를 지녔는데 어째서 고전을 읽는 사람은 흔치 않을까? 아마도 고전이 사람을 쉽게 끌어당겨 주지 않기 때문일 것이다. 고전은 우리에게 섣불리 손짓을 하지도, 눈웃음을 치지도 않는다. 고전은 끈기를 가지고 파고들어 오는 사람에게만 마지못한 듯이 웃음을 지으며 속내를 털어놓는다. 고전은 요즘보다 훨씬 무뚝뚝하던 옛날에 이루어진 삶이며 글이기 때문이다.

그래서 우리는 청소년들이 고전을 즐겨 읽을 수 있도록 마음을 다했다. 뻣뻣하고 까칠한 고전을 달래서, 부드럽고 친절하게 청소년을 끌어당기도록 손을 쓰고 공을 들였다. 멋없이 무뚝뚝하던 고전을 정성껏 매만져서 두 팔을 활짝 벌리고 청소년들을 끌어안을 수 있도록 탈바꿈했다.

고전은 이제 온전히 겉모습을 바꾸어 청소년들을 맞이할 것이다. 자칫 속살까지 탈바꿈한 것처럼 보일지 몰라도 책을 읽다 보면 예스러운 고전의 맛과 멋을 한껏 느낄 수 있을 것이다. 우리는 무엇보다도 고전이 고전다운 속내와 뼈대를 온전하게 지니도록 하는 데 힘을 쏟았다.

고전은 시공간을 뛰어넘고, 나라와 겨레를 뛰어넘어 세상 모든 사람에게 큰 울림을 준다. 《시경》, 《탈무드》, 《오디세이아》, 셰익스피어와 괴테의 작품이 세상 모든 이에게 가르침을 주듯이, 우리의 고전도 모든 이에게 값진 가르침을 줄 것이다. 가르침이 서로 다르기는 하지만 높낮이가 있는 것은 아니다. 그러므로 세상 고전을 두루 읽어야 하는 것이나, 우리는 우리네 고전부터 읽는 것이 마땅한 차례다.

이런 뜻으로 전국국어교사모임에서 '국어시간에 고전읽기' 시리즈를 펴낸 지 십 년이 되었다. 누구나 두루 즐기며 읽을 수 있도록 쉽게 풀어 쓰고 맛깔나고 재미있는 작품으로 재창조하려고 무던히도 애썼다. 다행히도 많은 독자로부터 분에 넘치는 사랑을 받았고, 우리 고전을 가까이하고 즐기는 청소년들이 많이 늘어 고마울 따름이다.

지난 십 년처럼 묵묵하게 이 시리즈를 이어 갈 생각으로 첫 마음을 되새기며 글과 그림을 더하고 고쳐 좀 더 새로운 얼굴의 우리 고전을 세상에 다시 내놓으려 한다. 이 책을 통해 우리 청소년들이 풍성하고 가치 있는 고전의 바다에 풍덩 빠질 수 있기를 기대해 본다.

2012년 11월
전국국어교사모임

《최척전》을 읽기 전에

우리나라는 세계에서 유일한 분단국가입니다. 해방 이후 남과 북으로 나뉘면서 같은 민족이 대치한 상태로 벌써 반세기가 넘었습니다. 참으로 긴 세월이지요. 한 방송사에서 이산가족 상봉을 생방송으로 중계한 적이 있습니다. 그때 많은 사람이 방송을 보며 눈시울을 적셨습니다. 부모와 자식, 형제자매가 서로 헤어져 그리워만 하다가 다시 만나 통곡하는 모습을 보고, 그 기쁨과 슬픔에 공감한 것이지요.

그런데 왜 그 많은 사람이 사랑하는 가족과 헤어진 채로 살아올 수밖에 없었을까요? 이는 남과 북이 선택한 각기 다른 체제가 인간에게 가한 폭력, 바로 전쟁의 결과였습니다. 6·25 전쟁은 남과 북 모두에게 상처를 주었으며, 개인은 그 결과로 이산의 아픔을 겪어야 했던 것입니다.

유사 이래 현대 사회만큼 평화로운 시대가 없다고 합니다. 하지만 세계사에 변화를 줄 만큼 큰 전쟁이 없다 뿐이지 지금도 세계 곳곳에서 전쟁이 일어나고 있습니다. 따지고 보면 인류사에 전쟁이 없었던 시기는 찾아보기 힘들지요.

전쟁은 인간의 삶을 파괴합니다. 전쟁이 벌어지는 과정에서 개인은 수많은 사건을 겪고, 참혹한 아픔을 당할 수밖에 없습니다. 가족을 잃고 떠돌기도 하고 운명의 장난 같은 일도 겪습니다. 전쟁의 참화 속에서 사람들은 '인간이란 존재는 과연 무엇인가.' 하는 궁극적인 고민에 맞닥뜨립니다. 이러한 경험을 통해 전쟁을 소재로 한 많은 소설이 출현하기도 했지요.

《최척전》도 전쟁 때문에 벌어진 가족의 이산과 상봉, 기이한 인연 들을 다루고 있습니다. 주인공인 최척과 옥영은 전쟁 와중에 서로 헤어져, 우여곡절을 겪으며 살다가 마침내 다시 만나는 기쁨을 맛보지요. 《최척전》의 배경이 되는 전쟁은 임진왜란과 정유재란입니다. 개인의 힘으로는 해결할 수 없는 불가항력의 사회적 상황, 즉 전쟁이 이들을 갈라놓습니다. 개인적인 사정이나 의지와 관계없이 이산의 아픔을 겪게 된 것이지요.

《최척전》은 한문으로 된 고전 소설임에도 불구하고 전쟁이라는 거대하고 현실적인 사건을 담고 있습니다. 그래서 우연과 기이함이 이어지는 이야기에 사실성이 가미되었습니다. 임진왜란과 정유재란, 병자호란 같은 전쟁을 겪으며 우리 문학사에 많은 작품이 창작됐습니다. 다른 작품들이 외적에 맞서 싸우는 영웅을 그리거나 사실적인 기록을 중시했다면, 《최척전》은 개인이 겪는 이산의 아픔에 초점을 맞추어 더욱 주목을 받았습니다.

인간성을 말살하는 전쟁의 광기 앞에서 최척과 옥영이 어떻게 사랑을 이어가고 가정을 지키는지 따라가다 보면, 진정한 사랑의 의미는 물론 운명 앞에서 삶을 견뎌 낼 수 있는 작은 실마리를 발견할 수 있을 것입니다.

2014년 5월
최성수

차례

우리의 사랑을 가로막는 봉래산은

얼마나 첩첩이며

우리 사랑이 건널 수 없는 약수는

얼마나 멀고 먼지요

광주리에 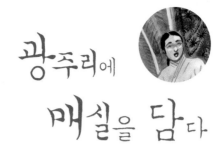 매실을 담다

전라북도 남원에 최척이라는 사람이 살았다. 자(字)는 백승(伯昇)이었는데, 어려서 어머니를 여의고 아버지인 최숙과 함께 살고 있었다. 그의 집은 남원 서쪽 문밖, 만복사 동쪽에 있었다. 최척은 어려서부터 기개가 높았으며 친구들과 어울리기를 좋아했고, 사소한 예의 따위에는 얽매이지 않았다.

어느 날, 아버지가 최척을 불러 야단을 쳤다.

"너처럼 공부를 하지 않으면 커서 망나니밖에 더 되겠느냐? 장차 자라서 대체 어떤 사람이 되려고 그러느냐? 지금 온 나라에 전쟁이 일어나 마을마다 무사들을 모으고 있다. 그런데 너는 활쏘기, 말타기 같은 무술도 익히지 않고 있구나.

늙은 이 아비는 너 때문에 걱정이 태산 같다. 네가 부지런히 학문을 배워 과거에 급제하면 좋겠다. 만약 급제를 못한다고 할지라도 공부를 해 두면 화살을 등에 지고 전쟁터로 나가 싸우는 일은 모면할 수 있지 않겠느냐? 마침 성 남쪽에 내 어릴 적 친구인 정 진사라는 분이 있다. 그 사람은 공부를 많이 한 뛰어난 학자란다. 처음 학문에 발을 디딘 사람도 잘 가르치는 특별한 재능이 있으니 가서 스승으로 삼아 배우도록 해라."

최척은 아버지의 말에 따라 그날로 당장 책을 옆구리에 끼고 정 진사를 찾아가 제자로 삼아 달라고 부탁했다. 정 진사는 청을 물리치지 못하고 최척을 제자로 받아들여 학문을 가르쳤다. 최척의 문장은 나날이 발전했고 공부를 한 지 몇 달 만에 실력이 마치 물이 강에 넘치듯 풍부해졌다. 마을 사람 모두 최척의 총명함에 감탄할 정도였다.

그런데 최척이 정 진사 댁에서 공부를 할 때마다 여종 하나가 눈에 띄곤 했다. 나이는 열일고여덟쯤 돼 보였는데, 눈썹은 그린 것처럼 반듯했고 머릿결은 칠흑같이 검었다. 여종은 늘 최척이 공부하는 방 창가 옆 벽에 기대, 글 읽는 소리를 몰래 엿듣곤 했다.

어느 날, 정 진사가 최척을 가르치다가 식사 시간이 되어 자리를 비웠다. 최척이 혼자 앉아 있는데 갑자기 창문 틈으로 작은 종이쪽지 하나가 쑥 들어왔다. 종이에는 이런 글이 적혀 있었다.

매실 떨어지네.
그 매실 주워
광주리에 담네.

나를 찾는 그대여

지금 내게

사랑한단 말 건네주오.

이는 《시경》에 실린 〈매실이 떨어지네〉라는 시의 한 구절로, 혼기가 다 된 아가씨가 사랑을 찾는 내용이었다. 최척은 시를 읽고는 두근거려 도무지 마음을 잡을 수가 없었다. 최척은 날이 저물어 어두워지면 누가 이런 편지를 보냈는지 알아보리라 생각했지만 한편으로는 그런 마음을 먹는 게 옳지 않다는 생각도 들었다. 이럴까 저럴까 하며 갈피를 잡지 못하고 있을 때 스승인 정 진사가 들어왔다. 최척은 아무 일도 없는 것처럼 얼른 편지를 소맷자락에 감췄다.

그런데 최척이 공부를 마치고 돌아갈 때, 여종 하나가 문밖에 서 있다가 뒤를 따라오며 말을 건넸다.

"저, 말씀드릴 게 있습니다."

최척은 편지를 읽었을 때부터 이미 보낸 사람에 대한 생각으로 가슴이 쿵쾅거렸다. 그는 무언가 사연이 있을 것이라고 생각하고 여종에게 고갯짓으로 자기를 따라오라고 했다.

최척은 여종을 자기 집으로 데리고 가서 무슨 일로 자신을 찾았는지 물었다. 여종은 머리를 조아리며 대답했다.

● 〈매실이 떨어지네〉 원래 제목은 〈표유매(摽有梅)〉이다.

"저는 성이 이씨인 아가씨의 몸종, 춘생입니다. 저희 아가씨께서 도련님의 답장을 받아 오라고 하셔서 기다렸습니다."

최척이 고개를 갸웃거렸다.

"아가씨의 성이 이씨라고? 너는 원래 스승님 댁 종이 아니었느냐?"

춘생이 다시 머리를 조아리며 대답했다.

"원래 저의 주인 어른은 한양 숭례문 밖 청파리의 이경신이라는 분이었습니다. 그런데 어르신이 그만 세상을 떠나고 부인인 심씨 마님과 따님 한 분만이 남았지요. 따님의 이름은 이옥영이고 바로 편지를 전한 분이랍니다. 작년에 강화도를 거쳐 배를 타고 나주 회진으로 피란을 갔다가 지난가을에 이곳으로 옮겨 왔습니다. 도련님의 스승이신 정 진사님과 우리 마님이 서로 친척 간이라 지내기에 불편함은 없습니다. 다만 저희 마님께서는 따님인 아가씨의 배필을 구하는 것이 소원인데, 아직도 좋은 사윗감을 찾지 못하셨지요."

"아가씨가 과부의 딸이라면 제대로 배우지 못했을 텐데 어찌 시를 알 수가 있느냐? 타고난 재주가 아니라면 이렇게 뛰어날 수 있을까?"

최척의 말에 춘생이 다시 머리를 조아리며 대답했다.

"아가씨께는 원래 득영이라는 언니가 있었습니다. 문장에 재주가 뛰어났는데, 열아홉 살에 결혼도 못한 채 세상을 뜨고 말았지요. 옥영 아가씨는 언니가 살아 있을 때 그 곁에서 눈동냥 귀동냥으로 글을 배웠습니다. 그래서 거칠지만 겨우 이름 정도 쓸 수 있답니다."

그 말을 듣고 최척은 고개를 끄덕였다. 최척은 하인들에게 음식을 내오게 해 춘생을 대접하고는 곧 답장을 썼다.

아침에 그대가 보낸 시에 제 마음 흔들렸다오. 여종이 전해 준 그대의 편지에 제 기쁨은 가누기 어려웠지요. 거문고 가락 속에 사랑이 전해지고, 상자 속에 숨겨도 사랑의 향기는 배어 나온다고 하지요.

하지만 우리의 사랑을 가로막는 봉래산은 얼마나 첩첩이며, 우리 사랑이 건널 수 없는 약수는 얼마나 멀고 먼지요. 생각하고 생각해 보고, 이리 보고 저리 보는 사이 얼굴은 노랗게 되고 목덜미는 삐쩍 말라 버렸답니다.

그런데 오늘 생각지도 않았는데 그대의 편지를 전해 받으니 기쁘기 그지없습니다. 예부터 부부의 인연을 맺어 준다는 월하노인이 우리를 돕는 것 같군요. 이제 제 소원이 이루어지나 봅니다.

그대여, 부디 오늘의 약속을 저버리지 마십시오. 이 글로 제 마음을 다 전할 수 없는데, 말로 어찌 제 마음을 다 이야기할 수 있겠습니까!

옥영 낭자는 최척의 편지를 받고 기뻐 어쩔 줄 몰랐다. 이튿날, 옥영이 다시 답장을 써 춘생에게 들려 보냈다.

저는 그동안 깊은 규방에서 생활했기 때문에 아녀자가 지켜야 할 정조와 행실에 대해 거칠게나마 알고 있습니다. 어려서 아버지를 여의고, 지난 임진년 난리 때는 홀로되신 어머니를 모시며 아녀자의 도리를 다하느라 애썼지요.

하지만 의지할 형제 하나 없이 이리저리 떠돌다 이렇게 남쪽 남원 고을에까지 이르렀답니다. 지금은 임시 거처로 친척 집에 머물고 있지요. 벌써 결혼할 나이가 다 되었지만 아직 마땅한 신랑감을 만나지 못해 이렇게 홀로 지내고 있습니다.

어느 날 갑자기 전쟁이 일어나고, 나라 안에는 온통 도둑들이 들끓으니 제 마음을 올곧게 지키기 힘듭니다. 사나운 놈들 앞에서 몸을 더럽힐 뻔한 위기도 한두 번이 아니었지요. 그래서 어머니께서도 걱정이 태산 같으시고, 저도 마음이 편치 않았습니다.

겨우살이 풀이 늘 큰 소나무에 의지해 자라듯이, 여자인 저에게도 백 년의 괴로움과 즐거움을 함께 나눌 지아비가 필요합니다. 정말 믿음직스러운 남자가 아니라면 제가 어떻게 몸을 맡길 수 있겠습니까?

그동안 가까운 거리에서 그대를 지켜보았습니다. 그때마다 당신의 말은 따스하기 그지없고, 얼굴에는 호탕한 기운이 가득했습니다. 제가 그대 말고 다른 어디서 어진 남편감을 구할 수 있겠습니까? 당신이 아니라면 차라리 남의 존경을 받는 사람의 첩이 되는 게 낫지 싶습니다.

어제 제가 그대에게 시를 보낸 것을 주제넘은 짓이라고 생각하지는 말아 주십시오. 제가 당신을 우러러보는 마음을 그저 알려 드리고 싶었을 뿐입니다. 제가 비록 생김새는 변변찮지만, 시장통이 아닌 사대부집 자손인데 어떻게 담벼락에 구멍을 뚫어 도련님을 몰래 만나려는 의도를 갖고 있었겠습니까? 정식으로 부모님의 허락을 얻어 혼인의 예를 치른다면 저는 제 온 마음을 다해 당신을 남편으로 섬기고 받들어 모실 결심이 되어 있답니다.

제가 몰래 당신에게 시를 보내고 또 당신의 편지를 받았으니, 정숙한

- **봉래산(蓬萊山)** 중국 전설에 나오는 가상의 영산(靈山). 신선이 살고 불로초와 불사약이 있다고 한다.
- **약수(弱水)** 신선이 살았다는 중국 서쪽의 전설 속의 강. 새의 깃털도 가라앉을 정도라서 건널 수 없다고 한다.
- **월하노인(月下老人)** 부부의 인연을 맺어 주는 전설 속의 늙은이.
- **겨우살이** 다른 나무에 기생하며 스스로 광합성하는 식물로, 사계절 내내 잎이 푸르다.

아녀자의 품행을 지키지 못한 꼴이 되고 말았습니다. 하지만 글을 주고
받으며 서로의 마음을 잘 알았으니, 이제부터 더는 함부로 편지를 보내
지 않겠습니다. 부디 중매쟁이를 통해 정식으로 청혼을 해 주셔서 저의
철없는 행동이 남들의 손가락질을 받지 않도록 해 주십시오.

　최척은 옥영의 편지를 받고 뛸 듯이 기뻐했다. 정식으로 중매쟁이를
보내 달라는 옥영의 말을 기억한 최척이 아버지를 찾아가 부탁했다.
　"아버지, 저희 스승님 댁에 서울에서 내려온 과부 심 씨가 같이 살
고 있습니다. 그 과부에게 스무 살 남짓 되는 딸이 하나 있습니다. 저
도 이제 장가갈 나이가 되었으니 아버지께서 저를 위해 스승님 댁에
청혼을 해 주시면 좋겠어요. 발 빠른 다른 사람이 그 아가씨에게 먼저
청혼을 할까 봐 걱정입니다."
　"네가 결혼을 생각한다니 좋은 일이다. 하지만 정 진사 댁은 나라에
공을 세운 집안이 아니더냐? 비록 천리 타향에서 남에게 몸을 의탁하
고 있지만 부유한 혼처를 고를 것이 분명하다. 우리 집안은 오래전부
터 가난하게 살아왔으니 청혼을 들어줄 리가 만무하지 않겠느냐?"
　아버지가 고개를 절레절레 흔들자 다급해진 최척이 다시 간청했다.
　"사람 일이야 알 수 없잖아요. 남보다 먼저 청혼이라도 해 주세요.
일이 되고 안 되고는 하늘에 달려 있으니까요."
　아들의 간청에 못 이긴 아버지는 이튿날 아침, 아들의 스승이자 자
신의 친구인 정 진사를 찾아갔다. 친구를 마주한 최척의 아버지가 어
렵사리 청혼의 말을 꺼냈다.

"여보게, 자네 집에 와 있다는 친척의 딸과 내 아들을 혼인시키면 어떨까? 어떻게 이야기 좀 넣어 줄 수 없나?"

그 말을 들은 정 진사가 웃으며 대답했다.

"허허, 그 아이 어머니가 나에게 먼 누이뻘 되지. 원래 한양에 살았는데 난리를 피해 우리 집에 와 어렵게 지내고 있다네. 그 딸아이는 용모가 곱고 행실도 반듯하다네. 마침 내가 그 아이 혼처를 이리저리 구하고 있던 중일세. 자네 아들이 재주가 뛰어나다는 것이야 내 이미 알고 있지. 사위를 삼기에 그보다 더 좋은 아이는 없을 거야. 하지만 자네 상황이 너무 가난한 것이 누이 마음에 찰지 걱정이 되네. 하여간 누이에게 물어보고 난 다음에 알려 주겠네. 조금만 기다려 주게."

최숙은 집으로 돌아와 아들에게 자초지종을 전했다. 최척은 며칠 동안 머리를 싸매고 고민하며 어떤 대답이 올까 애써 기다렸다.

한편, 정 진사는 누이 심 씨가 거처하는 곳에 가서 친구인 최숙이 청혼을 해 왔다는 것을 알려 주었다. 그러자 정 진사의 말을 들은 심 씨가 곤란한 얼굴로 대답했다.

"오라버니도 아시다시피 저는 남편도 잃고 고향을 떠나 이리저리 떠도는 신세잖아요. 기댈 곳도 변변히 없는 처지이다 보니 옥영이만은 좀 살 만한 집에 시집보내고 싶어요. 아무리 착실하고 재주가 뛰어나다고 해도 가난한 집에는 보내기 싫어요."

그날 밤, 일이 돌아가는 것을 눈치챈 옥영은 어머니 방의 문을 열었다. 그러나 차마 제 속을 드러내지는 못하고 입만 우물우물하며 머뭇거렸다. 그 모습을 본 어머니가 답답해 하며 물었다.

"애야, 무슨 할 말이 있냐? 망설이지 말고 말해 보렴."

어머니의 말에 용기를 얻은 옥영이 얼굴을 붉히며 기어 들어가는 목소리로 말했다.

"어머니께서 제 신랑감을 부자 중에서 고르신다는 말씀을 들었어요. 제가 편히 살기를 바라는 마음으로 부자 사위를 원하시는 것이지요? 어머니의 그 마음 제가 왜 모르겠어요. 그런데 집안 형편이 넉넉하면서 인품도 어질다면 참 좋겠지만, 밥술깨나 뜨는 집안이라도 인품이 나쁘다면 제대로 번창할 수 없겠지요. 재산이 많지만 성품이 좋지 않은 신랑감이라면 비록 양식이 풍부하더라도 우리를 먹여 살리려고 하겠어요?"

어머니는 옥영의 말을 그저 잠자코 듣기만 했다. 옥영은 용기를 내 말을 이었다.

"사실 제가 그동안 최척이라는 분이 날마다 아저씨께 와서 공부하는 것을 몰래 엿보았거든요. 보면 볼수록 심지가 곧고 성품도 온화하고 건실한 사람이었어요. 결코 가벼이 행동하고 허황한 생각을 하는 분이 아니었어요. 그분을 제 배필로 삼는다면 죽어도 한이 없을 것 같아요.

예부터 가난은 선비의 부끄러움이 아니라 떳떳함이라고 했잖아요. 도리에 어긋나는 부유함은 제게 맞지 않는다고 생각해요. 어머니께서 최 선비를 사윗감으로 선택해 주세요. 저는 그분에게 시집가고 싶어요. 처녀의 몸으로 이런 말을 하는 게 부끄럽지만, 제 결혼이니 그런 마음을 무릅쓰겠습니다. 부끄럽다는 이유로 제 생각을 말씀드리지도 않고 있다가 엉뚱하게 속 좁은 남자에게 시집간다면 일생을 망쳐 버릴 것 같습니다."

옥영의 얼굴에는 결연한 표정이 감돌았다. 어머니는 그런 옥영을 물끄러미 바라보았다. 옥영은 다시 한 번 자신의 결심을 털어놓았다.

"어머니, 한 번 깨진 시루는 다시 붙일 수 없고, 한 번 물들인 실은 다시 희게 만들 수 없다고 했어요. 일이 잘못되어 나중에 후회해도 아무 소용이 없지요. 더구나 우리는 다른 집과 달리 아버지도 안 계시잖아요. 혹 가까운 곳의 왜적이 우리를 해치기라도 한다면, 진정한 충성과 신의가 있는 사람이라야 우리 두 모녀를 지켜 줄 수 있지 않겠어요? 예전에도 여자가 직접 나서서 자신의 신랑감을 찾은 일들이 많았다고 들었어요. 저도 그렇게 하고 싶어요. 어떻게 제 마음을 숨긴 채 남이 중매 서 주는 대로 다른 남자에게 갈 수 있겠어요? 저는 최척 선비에게 시집가고 싶어요."

딸의 말을 다 듣고 난 옥영의 어머니는 딸이 최척 선비 말고 다른 사람에게 시집갈 생각이 전혀 없다는 것을 알았다.

이튿날, 옥영의 어머니는 정 진사를 찾아가 부탁했다.

"오라버니, 제가 밤새 생각해 보니 옥영이를 최 선비에게 시집보내는 게 좋겠어요. 그 사람이 비록 가난하지만 성품은 깨끗하고 단정한 선비라고 하더군요. 잘 살고 못 사는 것은 하늘에 달려 있으니 사람이 어떻게 마음대로 할 수 있겠어요? 가난하기 때문에 혼인을 할 수 없는 것은 아니겠지요. 알지도 못하는 사람에게 옥영이를 보내는 것보다는 성품이 어떤지 아는 최 선비에게 시집보내는 것이 낫겠어요."

그 말을 들은 정 진사가 웃음을 지으며 말했다.

"누이가 그렇게 마음먹었다면 내 꼭 이 혼인이 이루어지도록 애써 보지. 최척이 비록 가난하고 보잘것없는 집안 출신이지만 사람 됨됨이야 옥같이 귀하다네. 한양에서 그런 사람을 찾으려 해도 찾기 힘들 거야. 그가 학문에 뜻을 두고 정진한다면 우물 안 개구리 같은 사람은 되지 않을 걸세."

말을 마친 정 진사는 자신의 판단이 정확하다는 듯, 입을 굳게 다물었다. 이튿날이 되자 그는 중매쟁이를 최척의 집에 보내 혼인을 진행시켰다. 마침내 두 사람은 다가오는 9월 15일에 혼례를 치르기로 약속했다.

피리 소리
빈산에 울려 달이 지고

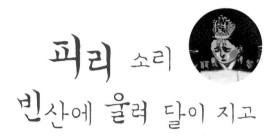

전쟁은 여전히 끝나지 않고 계속되고 있었다. 그 무렵 남원 고을의 참봉 벼슬을 지낸 적이 있는 변사정이라는 사람이 의병을 모으고 있었다. 그는 의병들과 함께 영남으로 가서 전쟁에 나설 생각이었다.

활쏘기와 말타기에 뛰어난 재능을 지닌 최척도 변사정의 눈에 띄었다. 최척은 그리 내키지 않았지만, 나라를 위한 싸움에서 뒤로 빠지는 것도 의롭지 못한 행동이라고 생각해 자의 반 타의 반으로 의병에 참가했다.

최척은 전쟁을 치르는 내내 옥영을 생각하다 마음의 병을 얻었다. 결혼을 약속한 자신이 전쟁터에 있으니 옥영의 근심이 얼마나 깊을까 하는 생각 때문이었다. 혼례를 치르기로 한 날이 가까워지자 최척은 의병장에게 휴가를 보내 달라는 글을 올렸다. 하지만 그 글을 본 의병장 변사정은 불같이 화를 냈다.

"네 이놈, 지금이 어떤 때인데 감히 휴가를 가서 혼례를 치르겠다는 거냐? 임금님도 피란을 가서 험한 풀숲을 헤매고 계신데 백성 된 놈이 장가갈 생각이나 하다니 그게 될 말이냐? 창을 베고 잠드는 시간조차 아껴야 마땅할 때가 아니냐? 비록 혼기가 찬 나이이지만 왜적을 다 물리친 뒤에 혼례를 치러도 늦지 않을 것이다. 알았느냐?"

의병장의 말에 최척은 그저 맥 빠진 얼굴로 돌아설 수밖에 없었다.

마침내 결혼을 약속한 날이 밝았지만, 식을 치를 수는 없었다. 옥영은 최척을 기다리며 하루 종일 아무것도 못하고 보냈다. 그날 이후에도 옥영은 밥을 먹지 못했고, 밤이면 잠을 자지도 못했다. 날마다 근심만 가슴 가득 안고 지낼 뿐이었다.

한편 옥영의 이웃에는 남원에서도 손꼽히는 큰

• **의병장**(義兵將) 의병을 거느리는 장수.

부자, 양 씨가 살고 있었다. 양 씨는 옥영이 예쁘고 어질다는 소문을 들었고, 약혼자 최척이 전쟁터에 나가 돌아오지 않고 있다는 사실도 알고 있었다.

'옳지, 이럴 때 얼른 옥영을 내 아내로 맞아들이면 되겠다.'

양 씨는 이런 결심을 하고는 꾀를 내어 정 진사의 집에 온갖 뇌물을 갖다 바치기 시작했다. 그러고는 옥영과 혼인하게 해 달라고 부탁했다. 정 진사와 그의 아내는 뇌물에 그만 눈이 어두워져 옥영의 어머니에게 날마다 혼인을 권했다.

"최척의 집안은 너무 가난하지 않아요? 아침을 먹고 나면 곧바로 저녁을 걱정해야 할 정도예요. 집안 식구도 먹여 살리기 힘든데 혼인을 했다고 처가까지 책임질 수 있겠어요? 더구나 최척은 지금 의병에 나가 돌아오지도 못하고 있어요. 살았는지 죽었는지도 모르는데 혼인을 기약할 수나 있겠어요? 양 씨는 남원에서도 손꼽히는 부자랍니다. 재물도 어마어마하지만 최척 못지않게 똑똑하다는군요."

정 진사의 부인이 이렇게 옥영의 어머니를 부추기면 정 진사도 곁에서 고개를 끄덕여 맞장구를 쳤다.

어느 날 두 사람의 감언이설에 마음이 넘어간 옥영의 어머니가 양 씨의 제안을 따르겠다고 했다. 옥영은 자신을 양 씨에게 시집보내기로 했다는 말을 듣고는 어머니께 달려가 눈물을 흘리며 사정했다.

"어머니, 저는 양 씨에게 시집가지 않겠어요. 최척 도련님은 전쟁터에서 왜놈들과 맞서 싸우느라 돌아오지 못할 뿐이지, 일부러 약속을 어긴 게 아니잖아요. 저에게 돌아오고 싶어도 의병장이 막을 텐데 어떻게 마음대로 할 수 있겠어요? 그분을 기다려 보지도 않고 무조건 저희 결혼을 깨뜨리는 것은 옳지 못해요. 만약 어머니께서 제 뜻을 꺾으려고 하신다면 저는 죽을 수밖에 없어요. 목숨을 버리는 한이 있더라도 다른 집으로는 시집가지 않겠어요. 하늘처럼 믿은 어머니께서 제마음을 몰라주시다니 너무해요."

옥영이 뜻을 굽히지 않자 어머니가 버럭 화를 냈다.

"이런 고집불통 같으니라고. 어미의 뜻을 저버리겠다는 거냐? 아버지가 계시지 않으니 내가 이 집안의 가장이 아니냐? 자식인 네가 가장의 뜻을 거스르겠다는 거냐? 대체 무얼 안다고 부모의 말을 거역하는 거냐? 잔말 말고 그만 잠이나 자거라."

심 씨가 눈을 부라리며 딸을 꾸짖었다. 옥영은 아무 말도 못하고 심 씨 곁에 누워서 죽은 듯이 잠을 청했다.

한밤중이었다. 심 씨는 꿈결에 '끅끅' 하는 소리를 듣고 잠에서 깼다. 그러고는 어둠 속에서 곁에 자던 딸을 더듬어 보았다. 그러나 옥영은 손에 잡히지 않았다. 깜짝 놀라 일어나 불을 켜 보니, 옥영이 비단 수건을 목에 감은 채 창문 아래에 매달려 있었다.

"아이고 애야, 이게 무슨 일이냐?"

심 씨는 얼른 옥영의 목에 걸린 수건을 풀었다. 이미 옥영의 몸은 차갑게 식어 가고 있었다. 심 씨는 연신 딸의 손발을 주물렀다. 손발 역시 차디찼다. 옥영은 끅끅거리는 소리를 내더니 이윽고 그 소리조차 내지 못했다. 숨이 넘어가는 것 같았다.

"아이고 애야, 눈 좀 떠 보거라. 눈을 떠. 아이고아이고."

심 씨가 놀라 통곡을 했다. 그 소리를 듣고 춘생이 달려왔다.

"아가씨, 아가씨. 이게 웬일이에요?"

춘생도 놀라 어쩔 줄 몰라 하다가 급하게 물을 한 사발 떠다 옥영의 입에 흘려 넣었다. 그제야 집안사람들도 우르르 몰려들었다. 모두 옥영의 몸을 주무르며 정성을 다했다.

얼마가 지나자 비로소 옥영이 숨을 몰아쉬며 살아났다. 심 씨는 비로소 가슴을 쓸어내리며 한숨을 내쉬었다. 딸의 고집을 꺾으려다가 목숨을 잃게 할 뻔했다는 생각에 미안한 마음이 들었다.

이 일 이후로 집안 누구도 양 씨에 대한 이야기를 꺼내지 않았다. 정 진사 부부도 다시는 옥영의 혼인 문제를 입에 올리지 않았다.

옥영에게 이런 일이 일어나고 있을 무렵, 최척은 전쟁터에서 병을 얻어 치료를 받고 있었다. 어느 날 아버지 최숙이 보낸 편지가 최척에게 도착했다. 편지에는 그동안 옥영의 집에서 일어났던 일들이 자세하게 적혀 있었다. 그제야 일의 내막을 안 최척은 충격을 받아 병세가 더 나빠졌다.

최척의 사정 이야기와 몸 상태를 전해들은 의병장 변사정은 곧바로 귀가 명령을 내렸다. 최척은 병든 몸을 이끌고 겨우겨우 집으로 돌아온 뒤 며칠간 꼼짝도 못하고 앓았다. 한동안 병을 치료한 뒤 몸이 다 낫자, 마침내 11월 11일 최척과 옥영은 혼례를 치렀다. 천신만고 끝에 결혼하게 된 두 사람은 손을 잡고 뛸 듯이 기뻐하며 어쩔 줄을 몰랐다.

최척은 정 진사 댁에서 혼례를 치른 후 아내 옥영과 장모 심 씨를 모시고 집으로 돌아왔다. 일가친척도 집에 모두 모여 축하를 해 주었

다. 집안 가득 웃음소리가 피어났고, 그 소리는 이웃에까지 울려 퍼질 정도였다.

시댁에 온 옥영은 이튿날부터 소매를 걷어붙이고 직접 물을 길었고 절구질도 직접 했다. 또 정성을 다해 시아버지를 모시고 남편을 섬겼다. 웃어른께는 공손했고 아랫사람에게는 다정했으며, 예의범절을 지켜 이웃을 대할 줄 알았다. 얼마 지나지 않아 사람들은 옥영을 가리켜 세상에서 제일가는 효부라고 칭찬했다.

아내를 얻은 뒤, 최척의 모든 일이 술술 잘 풀렸다. 재산도 날로 불어나 제법 부자 소리를 들었다. 그러나 부부에게도 한 가지 걱정거리가 있었다. 바로 둘 사이에 자식이 생기지 않는 것이었다. 부부는 매달 초하루면 만복사에 가서 자식을 얻게 해 달라고 기도했다.

혼인을 한 이듬해인 갑오년(1594) 정월 초하루였다. 그날도 부부는 만복사에 가서 기도를 드렸다. 그날 밤, 옥영의 꿈속에 장육존상 부처가 나타나 말했다.

"나는 만복사의 부처이니라. 너희들의 정성이 지극하고 갸륵해 내가 사내아이 하나를 점지해 주겠노라. 아이의 등에는 사마귀가 하나 있을 것이다."

참으로 생생한 꿈이었다. 꿈속 부처님의 예언대로 옥영은 아이를 가졌다. 달이 차 아이를 낳으니 정말 등에 사마귀가 있는 사내아이였다. 부부는 '꿈속의 부처님'이라는 뜻으로 아이의 이름을 몽석이라고 지었다.

어느 늦은 봄밤이었다. 밤이 깊어 자정이 가까웠는데, 산들바람이

솔솔 불더니 하늘에 두리둥
실 밝은 달이 떠올랐다. 때
맞춰 바람에 꽃잎이 날려
최척과 옥영의 옷깃에
떨어졌다. 꽃잎의 향
기가 코끝을 부드럽
게 스치고 지나갔다.

　최척은 평소에 피
리를 잘 불었는데, 달
이 뜨는 저녁이나 꽃
피는 아침이면 눈을 지그
시 감고 연주했다. 그날도 꽃
향기에 빠진 최척이 항아리 속
의 술을 걸러 아내와 나누어 마
신 뒤 피리를 꺼내 들었다. 최척은
술상에 기대앉아 세 곡을 연달아
불었다. 피리의 곡조는 버들가지처
럼 하늘하늘 이어졌다.

　최척의 연주가 끝나자 한참 그 소리

● 효부(孝婦) 시부모를 잘 섬기는 며느리.
● 장육존상(丈六尊像) 키가 육 척인 존엄한 부처.

를 음미하던 옥영이 천천히 입을 열었다.

"서방님, 저는 시 읊는 것을 썩 좋아하지 않았어요. 하지만 오늘 같은 날은 도저히 그냥 넘어갈 수가 없네요. 서방님의 피리 소리에 화답하는 뜻에서 제가 시 한 수를 읊을게요."

옥영은 자세를 가다듬고 낭랑한 목소리로 시를 읊기 시작했다.

그대 피리 부니
달이 귀 기울이네.
푸른 하늘엔 이슬 맺히고
찬바람 쓸쓸해라.
나 이제 한 마리 새 타고
날아올랐지만
바라보니 아득해라
안개 가득한 내 갈 길.

최척은 아내의 시를 듣고 깜짝 놀랐다. 옥영이 시를 짓는 재주가 남다르다는 것은 어렴풋이 알았지만, 이토록 뛰어날 줄 몰랐기 때문이다. 최척은 아내가 읊은 시를 다시 한 번 되뇌어 보고 감탄에 감탄을 거듭했다.

"정말 훌륭한 시요. 대단하군요, 당신의 시 짓는 솜씨가. 그럼 이번에는 내가 한 수 지어 보겠소."

이번에는 최척이 옥영의 시에 화답해 시를 한 수 읊었다.

신선 사는 곳 아득한데

새벽 구름은 붉디붉고

피리를 부니

내 마음의 가락 끊이지 않네.

달은 지고

남은 피리 소리 빈산 가득 울리는데

뜰에 핀 꽃 그림자만

바람에 흔들리네.

남편의 시를 듣고 옥영은 한없이 기뻤다.

"서방님의 시야말로 정말 좋군요."

옥영이 환하게 웃었다. 하지만 웃음 끝에 얼굴 가득 근심스러운 표정을 지으며 말했다.

"즐거움이 다 끝나면 슬픈 일이 생기는 게 세상 이치잖아요. 우리가 사는 이 세상에는 온갖 변화가 많으니, 좋은 일에는 마가 끼기 마련이지요. 한평생 사는 동안, 만났다 헤어지는 것이 일상이잖아요. 오늘 이렇게 당신과 함께 시를 읊으니 즐겁기 그지없는데, 이 즐거움이 다하면 슬픈 일이 생기는 것 아닌가 하는 생각에 갑자기 쓸쓸해지네요."

옥영은 이야기 끝에 눈물을 주르르 흘렸다. 최척이 얼른 소맷자락으로 옥영의 눈물을 닦아 주며 다독였다.

* 마(魔) 일이 잘 되지 않게 헤살을 부리는 요사스러운 장애물.

"굽고 펴는 것, 차고 기우는 것 모두 하늘의 이치라오. 좋거나 나쁘거나 후회하거나 인색한 것도 일생에서 누구나 겪는 일이라오. 살아가다가 가끔 불행을 겪는다고 해서 허망하게 슬픔에 빠져 헤어 나오지 못해선 안 된다오. 그러니 너무 근심하거나 괴로워하지 마시오. '좋은 말만 하고 나쁜 말은 하지 않는 법'이라는 옛말도 있지 않소. 쓸데없는 고민으로 마음을 어지럽혀 좋은 기분을 망칠 필요는 없지 않소?"

이날 이후로 최척과 옥영의 사랑은 더욱 깊어졌다. 서로를 마음 깊이 이해할 수 있었고, 하루라도 떨어져 지내는 일이 없었다.

사람의 일생

굽이굽이 인생 고개

태어나고 늙고 병들고 죽는 네 가지의 일, 즉 생로병사(生老病死)는 사람이 살면서
반드시 겪는 일들로, 인생 전체를 상징하기도 합니다. 대부분의 소설은 주인공이 겪는
생로병사를 주요한 사건으로 다루고 있기 때문에 소설 속에서 일생 중 어느 한 부분만
부각되더라도 주인공의 삶 전체를 읽을 수 있는 경우가 많습니다.

관례(冠禮)

열다섯 살에서 스무 살 사이에 행해지는
성인식. 상투를 틀고 갓을 씌우는 의식을
거쳐 비로소 성인으로 대접했습니다. 술을
마시는 의식도 행하고, 본래 이름 외에 붙
여 주는 다른 이름인 자(字)를 지어 주기도
했습니다.

혼례(婚禮)

결혼의 의례와 절차. 혼(婚)은 여자(女)와
저녁(昏)을 합친 말로 '저녁의 신부'를 뜻합
니다. 신부는 음(陰)을 뜻하기 때문에 혼례
는 주로 저녁에 올려졌지요. 혼인의 절차는
혼례를 의논하는 의혼(議婚)과 예물을 주
고 받는 납채(納采), 그리고 혼인을 맺는 혼
례식(婚禮式)의 순서로 이루어졌습니다.

유학은 태어나서부터 열 살
까지를 지칭합니다. 《예기(禮
記)》의 "사람이 태어나서 10
년간을 유(幼)라고 한다, 그
동안에 배워야 한다."라는
대목에서 나온 말입니다.

파과는 열여섯 살을 뜻합니
다. 과(瓜)라는 글자를 반으
로 나누면 八이 두 번 나오
는데, 8과 8을 더하면 16이
어서 만들어진 말이지요.

이립은 공자가 "서른이 되어
스스로 섰다(三十而立)."라고
한 데서 나온 단어로, 서른
살을 뜻합니다.

지학은 공자가 "나는 열다섯
이 되어서야 학문에 뜻을 두
었다(吾十有五而志于學)."라고
한 데서 나온 말로 열다섯
살을 가리킵니다.

약관은 관례를 치르는
스무 살을 가리킵니다.

불혹은 "마흔이 되어서야 유
혹에 흔들리지 않았다(四十
而不惑)."라는 공자의 말에서
나온 단어로, 마흔 살을 뜻
합니다.

《춘향전》에서도 춘향과 이 도령이 만나고 이별한 젊은 시절의 이야기가 중심이지만, 이를 통해 그들의 일생을 짐작할 수 있지요. 최척과 옥영도 이야기 속에서 인생의 주요한 단계들을 거칩니다. 일생의 시기를 다룬 말들을 통해 인간의 일생을 짚어 볼까요?

상례(喪禮)

죽은 사람을 장사지낼 때 행하는 모든 의례로서, 장례(葬禮)라고도 합니다. 상(喪) 자는 뽕나무에 걸린 대바구니 모양을 본떴는데, 뽕잎을 다 따 없애듯 생을 끝낸다는 뜻으로 만들어진 글자입니다. 유교식 상례는 19가지 절차로 이루어져 있을 정도로 복잡했지만, 이를 간소화해서 치르기도 했습니다.

제례(祭禮)

제사를 지내는 예절로 조상 숭배의 한 의례입니다. 제례의 종류는 집안의 사당에서 지내는 사당제(祠堂祭), 돌아가신 날에 지내는 기일제(忌日祭), 무덤에 가서 지내는 묘제(墓祭)가 있습니다.

쉰 살을 가리키는 지명은 지천명(知天命)이라고도 합니다. "쉰 살이 되어서야 천명을 알았다(五十而知天命)."라는 공자의 말에서 비롯되었습니다.

회갑, 환갑은 자신이 태어난 간지가 다시 돌아오는 해라는 뜻으로, 예순한 살을 가리킵니다.

희수는 일흔일곱 살을 뜻합니다. 희(喜) 자를 흘려 쓰면 칠(七) 자가 세 개 겹쳐져 칠십칠로 읽힌다고 해서 붙은 말이지요.

예순 살을 뜻하는 이순은 "예순이 되어서야 귀가 순해졌다(六十而耳順)."라는 공자의 말에서 나왔습니다.

일흔 살을 가리키는 고희는 "사람이 나서 일흔을 사는 일은 예로부터 드물었다(人生七十古來稀)."라는 두보의 시 〈곡강〉에서 나왔습니다.

백수는 백(百)에서 일(一)을 뺀 글자가 백(白)이어서 만들어진 단어로, 아흔아홉 살을 뜻합니다.

사랑을 잃고 말 한 필에 매달려 떠나다

1597년 8월, 왜구가 남쪽으로 쳐들어왔다. 조정에서 군사를 내어 막았지만, 이들의 힘을 당해 낼 수가 없었다. 마침내 왜구는 남원 땅까지 들어왔다. 남원성이 적의 손에 넘어가자 남원 고을 백성 모두 산속으로 피란을 갔다.

최척도 가족을 데리고 지리산 연곡으로 몸을 피했다. 그는 아내 옥영에게 남장을 시켰다. 아녀자의 몸으로 다니다가 어떤 피해를 당할지 몰라서였다. 사람들 속에 섞여 있는 옥영을 그 누구도 여자라고 생각하지 않았다.

왜구를 피해 지리산 연곡으로 들어온 지 여러 날이 지났을 때였다.

"여보, 가지고 온 식량이 다 떨어졌어요."

어느 날, 옥영이 쌀을 푸려다가 빈 바가지만 들고 울상을 지었다.

"어디 이웃에서 한번 빌려 보리다."

최척이 이런 말을 남기고 나가 이웃을 돌아보았지만, 다른 집도 식량이 떨어지긴 마찬가지였다. 빈손으로 돌아온 최척이 풀 죽은 목소리로 말했다.

"다른 집의 식량도 모두 떨어졌다오. 이렇게 굶고 있을 수만은 없으니 산 아래로 내려가 구해 봐야겠소."

"아직 왜구도 물러가지 않았는데 위험하지 않을까요?"

옥영이 걱정스러운 눈빛으로 남편을 바라보았다. 그러나 최척은 걱정 말라는 듯 씨익 웃으며 말했다.

"몇몇 이웃 장정들이 함께 가기로 했으니 안심하시오."

최척은 젊은이들과 함께 길을 떠났다. 양식도 구하고 왜구의 동태도 살필 셈으로 떠난 길이었다.

한참 산을 내려오는데 갑자기 앞쪽에서 인기척이 났다. 깜짝 놀란 최척 일행은 풀숲으로 얼른 몸을 숨겼다. 숲 속에서 살며시 고개를 내밀고 바라보니 수백 명의 군사가 몰려오고 있었다. 복색을 보니 왜구가 분명했다.

'저놈들이 왜 산으로 올라오는 거지? 산 너머에 있는 다른 고을을 향해 가는 걸까? 설마 연곡으로 가는 건 아니겠지?'

최척 일행은 왜구가 다 지나갈 때까지 기다렸다가 산 아래로 내려갔

● **연곡**(燕谷) 지리산에 있는 계곡 중 하나.

다. 그러나 그곳에서도 양식을 구할 수는 없었다. 더구나 연곡으로 돌아가는 길이 폐쇄되어 사흘간을 산 아래에 머물 수밖에 없었다.

'아무 일 없었겠지? 괜찮을 거야.'

최척 일행은 사흘 만에 연곡으로 돌아왔다. 연곡에 들어선 최척은 그만 깜짝 놀라 주저앉고 말았다.

마을은 왜구의 노략질로 눈 뜨고 볼 수 없을 정도로 참혹하게 변해 있었다. 길에는 죽어 널브러진 시체들이 가득했고, 피가 흘러내려 냇물처럼 흐르고 있었다. 집은 부서지고 불타, 어디가 어디인지 분간이 가지 않을 정도였다.

망연자실해 한동안 주저앉아 있던 최척은 나무가 우거진 숲 속에서 울부짖는 소리가 나는 것을 듣고 자리에서 일어났다. 그곳에는 늙은 이와 병든 사람 몇이 흐느끼고 있었다. 모두 왜구의 칼부림에 온몸이 상처투성이였다.

그중 한 노인이 울면서 최척에게 그동안의 사정을 털어놓았다.

"말 말게. 왜구가 산으로 쳐들어와 사흘 동안 재물을 약탈하고 마을을 쑥대밭으로 만들었다네. 늙은이들은 베어 죽이고 아이들과 여자들은 다 끌고 가서는 어제 섬진강을 건너 진을 쳤어. 우리만 겨우 살아남았다네. 자네도 가족을 찾고 싶으면 섬진강 가에 가서 행방을 찾아보게."

그 말을 들은 최척은 목 놓아 통곡했다. 십중팔구 아내와 아들이 왜구의 손에 온전치 못할 것이라는 생각이 들어서였다. 최

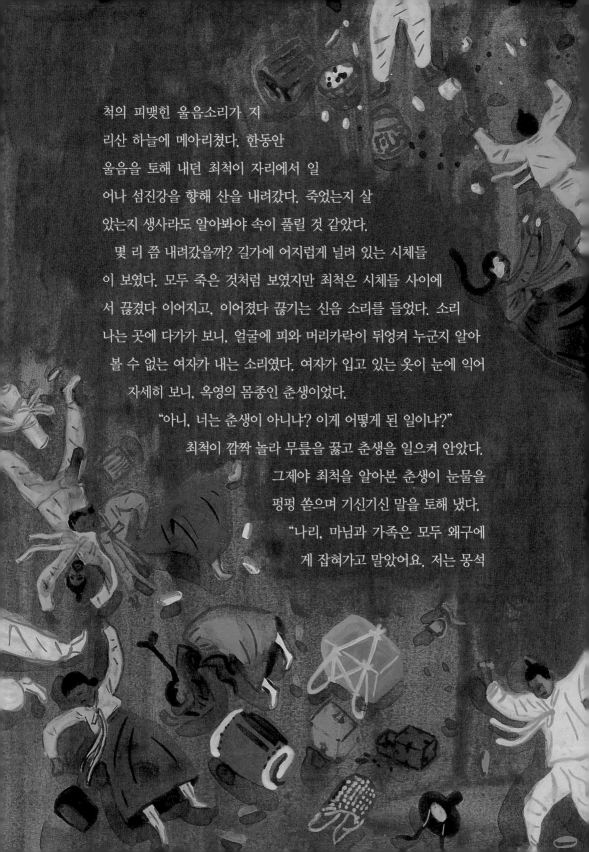

척의 피맺힌 울음소리가 지
리산 하늘에 메아리쳤다. 한동안
울음을 토해 내던 최척이 자리에서 일
어나 섬진강을 향해 산을 내려갔다. 죽었는지 살
있는지 생사라도 알아봐야 속이 풀릴 것 같았다.

　몇 리 쯤 내려갔을까? 길가에 어지럽게 널려 있는 시체들
이 보였다. 모두 죽은 것처럼 보였지만 최척은 시체들 사이에
서 끊겼다 이어지고, 이어졌다 끊기는 신음 소리를 들었다. 소리
나는 곳에 다가가 보니, 얼굴에 피와 머리카락이 뒤엉켜 누군지 알아
볼 수 없는 여자가 내는 소리였다. 여자가 입고 있는 옷이 눈에 익어
자세히 보니, 옥영의 몸종인 춘생이었다.

　"아니, 너는 춘생이 아니냐? 이게 어떻게 된 일이냐?"

　최척이 깜짝 놀라 무릎을 꿇고 춘생을 일으켜 안았다.

　그제야 최척을 알아본 춘생이 눈물을
펑펑 쏟으며 기신기신 말을 토해 냈다.

　"나리, 마님과 가족은 모두 왜구에
게 잡혀가고 말았어요. 저는 몽석

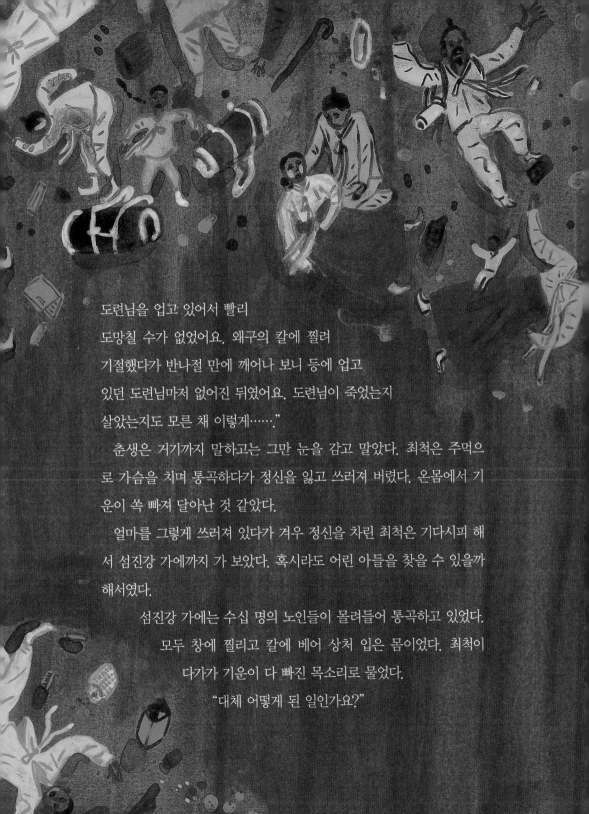

도련님을 업고 있어서 빨리
도망칠 수가 없었어요. 왜구의 칼에 찔려
기절했다가 반나절 만에 깨어나 보니 등에 업고
있던 도련님마저 없어진 뒤였어요. 도련님이 죽었는지
살았는지도 모른 채 이렇게······"

춘생은 거기까지 말하고는 그만 눈을 감고 말았다. 최척은 주먹으로 가슴을 치며 통곡하다가 정신을 잃고 쓰러져 버렸다. 온몸에서 기운이 쏙 빠져 달아난 것 같았다.

얼마를 그렇게 쓰러져 있다가 겨우 정신을 차린 최척은 기다시피 해서 섬진강 가에까지 가 보았다. 혹시라도 어린 아들을 찾을 수 있을까 해서였다.

섬진강 가에는 수십 명의 노인들이 몰려들어 통곡하고 있었다. 모두 창에 찔리고 칼에 베어 상처 입은 몸이었다. 최척이 다가가 기운이 다 빠진 목소리로 물었다.

"대체 어떻게 된 일인가요?"

노인 중 한 사람이 넋 나간 표정으로 최척을 바라보다가 대답했다.

"우리는 모두 산속에 살다가 왜구에게 끌려 여기까지 왔다네. 그놈들은 포구에 이르자 우리같이 늙거나 부상당한 사람들은 이렇게 버려두고 남자들만 배에 싣고 가 버렸다네."

그 말을 들은 최척은 이제 더 이상 아내 옥영을 만날 수가 없다는 생각에 목 놓아 통곡했다. 최척의 애끓는 통곡 소리에 모두 함께 눈물을 흘렸다.

'사랑하는 아내와 자식을 잃고 이렇게 살아서 무얼 한단 말인가. 차라리 그들을 뒤따라 죽는 게 낫겠다.'

통곡 끝에 이런 생각이 든 최척은 자살을 결심하고 물에 뛰어들려 했다. 그 모습을 본 사람들이 최척의 옷자락을 붙들고, 팔을 잡아끌며 만류했다.

"아직 살아야 할 날이 창창한데 죽긴 왜 죽는단 말인가? 더구나 아내와 아이가 아직 죽었다고 단정할 수도 없는데 목숨을 버리려는 건 무책임한 일일세."

사람들의 설득에 마음을 돌린 최척은 한동안 나루터 근처를 하염없이 배회했다. 머릿속에는 온갖 생각이 떠올랐다가 사라졌다. 아내와의 사랑과 결혼, 아들아이를 얻은 일까지 주마등처럼 스쳐 지나갔다.

'혹시 모르니 남원 집에라도 가 봐야겠다.'

최척은 넋이 다 빠져 버린 상태로 비틀비틀 걸어 사흘 만에 남원 집에 도착했다.

남원 고향 마을은 눈 뜨고 볼 수 없을 정도로 엉망이 되어 있었다.

담벼락은 무너지고, 지붕의 기왓장은 다 부서져 서까래가 훤히 드러나 있었다. 모든 것이 불타 버렸고, 마을은 마치 거대한 폭풍이 지나간 것처럼 황폐했다. 살아 있는 것이라곤 눈 씻고 찾아보아도 없었고, 길가에는 이미 살이 다 썩어 뼈가 드러난 시체들이 즐비했다.

이런 풍경에 넋이 빠진 최척은 마을 입구에 놓인 다리, 금교(金橋) 옆에 주저앉아 버렸다. 사흘이나 굶고 달려온 최척을 지치게 한 것은 배고픔보다 옛 자취를 하나도 찾을 수 없는 고향 풍경과 소식을 알 수 없는 가족의 행방이었다.

얼마 동안 넋을 놓고 주저앉아 있었을까? 갑자기 다리 아래에서 왁자지껄한 소리가 들렸다. 또 무슨 소란이 일어난 것인가 하며 최척은

● **서까래** 마룻대에서 도리 또는 보에 걸쳐 지른 나무.

맥이 다 풀린 얼굴로 고개를 들어 소리 나는 쪽을 바라보았다. 군사들 몇 십 명이 말을 끌고 와 물을 먹이며 큰 소리로 무어라 지껄였는데, 가만히 들어 보니 명나라 말이었다. 최척은 의병으로 출정했을 때 한동안 명나라 군사들을 대접하는 역할을 담당했기 때문에 그들의 말을 조금은 할 수 있었다.

'그래, 부모님도 아내도 다 잃고 사랑하는 아들의 소식마저 모르는데 이 땅에 살아서 무슨 부귀영화를 누리겠나? 차라리 저 군사들을 따라 명나라에 가서 다 잊고 사는 게 나을지도 모르겠다.'

그렇게 생각한 최척은 군사들이 있는 다리 아래로 내려갔다. 거지 꼴을 한 정신 나간 젊은이가 갑자기 나타나자 군사들은 모두 경계 태세를 취했다. 최척은 얼른 두 손을 내밀어 휘저으며 입을 열었다.

"아닙니다, 저는 다른 목적이 있어 온 것이 아닙니다."

최척은 서툰 명나라 말로 자신이 겪은 일들을 천천히 털어놓았다. 왜구에게 가족이 몰살되고 이제는 제 한 몸조차 기댈 곳 없는 처지라는 것과 가능하다면 군사들을 따라 명나라에 가서 조선에서의 일을 잊고 살고 싶다는 말을 진심을 다해 이야기했다.

최척의 말을 다 들은 명나라 장수가 불쌍하다는 듯 혀를 몇 번 차더니 말했다.

"나는 오(吳)나라 땅의 총병을 맡고 있는 총, 여유문(余有文)이라오.

● 총병(摠兵) 작은 지역을 관장하는 하급 군사 조직.
● 총(摠) 총병의 우두머리.

우리 집은 절강성(浙江省)의 소흥(紹興)에 있는데 가난하지만 먹고사는
데 큰 지장은 없을 정도요. 사람이 살아가는 데 가장 중요한 것은 마
음을 알아주는 벗이 있는 것이오. 마음 맞는 사람과 즐거움을 나눌
수 있다면 거리가 멀고 가까운 것은 아무 문제가 되지 않는 법이오.

긍정적으로 보면 당신은 이제 집안을 돌볼 수고로움이 없어진 것
아니오? 마음을 단단히 먹고 나와 함께 우리 진영으로 갑시다. 이곳에
서 잃어버린 가족 생각 때문에 두려워 갈 곳조차 몰라 해선 안 되오."

최척의 진심을 느낀 여유문은 그를 데리고 자신의 진영으로 돌아갔
다. 최척은 여유문이 내준 말 한 필을 타고 명나라 군사들이 있는 곳
으로 갔다.

명나라 진영에서 최척은 군사들과 함께 어울려 말타기와 활쏘기를
했다. 또 틈틈이 학문을 익히고 명나라 말을 배웠다. 최척은 용모가
뛰어나고 생각이 깊어 병사들뿐만 아니라 여유문과도 점점 친분이 깊
어졌다. 여유문은 최척을 아껴, 같은 막사에서 밥을 먹고 잠을 자며
거의 모든 생활을 함께할 정도였다.

얼마 후, 명나라 총병들은 조선에서 철수해 고국으로 돌아갔다. 최
척도 죽은 병사들에 대한 장부를 관리하는 직책을 맡아 국경의 관문
을 무사히 통과해 소흥 땅에서 살게 되었다.

● **막사(幕舍)** 군인들이 주둔할 수 있도록 만든 건물 또는 가건물.

실날같은 희망에
기대 보내는 세월

최척의 가족은 애초에 왜구에게 끌려와 포구에 이르렀을 때 도망을 쳤다. 왜구는 병들고 늙은 최척의 아버지 최숙과 장모인 심 씨를 소홀히 감시했다. 최숙과 심 씨는 왜구가 포로들을 배에 옮겨 태우느라 정신이 없는 틈을 타 몰래 갈대숲으로 몸을 숨겼다. 왜구는 두 사람이 탈출한 것도 모른 채 다른 포로들을 싣고 노를 저어 떠나갔다.

두 사람은 갈대숲에 숨어 왜구가 멀어져 가는 모습을 숨죽이고 지켜보았다. 강 저편으로 배가 사라지자 비로소 숨을 돌린 두 사람은 이 고을 저 고을을 떠돌며 구걸로 입에 풀칠을 하다가 마침내 전남 구례군에 있는 지리산 연곡사(燕谷寺)에 이르렀다.

연곡사 승방에서 하룻밤을 보내는데, 스님들이 묵는 어느 방에서 어린아이 울음소리가 들렸다. 그 소리를 들은 심 씨가 눈물을 흘리며 사돈인 최숙에게 말했다.

"저 울음소리는 꼭 우리 몽석이 우는 소리 같네요. 몽석이도 살아
있다면 저렇게 우렁차게 울 텐데요."

최숙의 귀에도 손자의 울음소리와 비슷하게 들렸다. 이상하게 여긴
최숙이 아이 얼굴이라도 한번 보아야겠다며 울음소리가 나는 방으로
찾아갔다. 문을 열고 아이를 보자마자 최숙은 깜짝 놀랐다. 꿈에도
그리던 몽석이가 거기 있었기 때문이다. 뒤를 따라온 심 씨는 신발도
벗는 둥 마는 둥 방 안으로 뛰어 들어가 몽석을 품에 안았다.

"아이고, 몽석아. 네가 살아 있었구나."

심 씨는 눈물이 쉴 새 없이 흐르는 얼굴을 몽석에게 비비며 말했다. 최숙도 눈물이 그렁그렁한 얼굴로 손자를 어루만지다가 스님에게 물었다.

"우리 몽석이가 어떻게 여기까지 왔나요?"

"허허, 기이한 인연이구려. 내가 지리산 어름을 지날 때였는데, 어디선가 아기 울음소리가 나는 게 아니겠소? 다가가 보니 수두룩하게 쌓인 시체 더미들 속에서 나는 소리였소. 시체를 들춰 보니 이 아이가 말똥말똥한 눈을 하고 있었소. 그래서 데려다가 혹 부모가 나타날까 기다리던 참이었다오. 내 판단이 옳았구려. 이야말로 부처님이 보살핀 일이 아니겠소?"

최숙과 심 씨는 거듭거듭 스님께 합장을 하며 고마움을 표하고 서로 번갈아 몽석을 업고 남원의 집으로 돌아왔다. 그들은 폐허가 된 집을 수리하고, 흩어진 노비들을 다시 모아 기울었던 집안을 일으켜 세우고 손자를 돌보며 살았다.

한편 옥영은 남장을 한 채 달아나다가 왜구인 주급돈우(注及頓羽)에게 사로잡혔다. 독실한 불교 신자였던 주급돈우는 상인 출신이었다. 그는 살생을 좋아하지 않고 부처님의 말씀대로 자비를 베풀며 살아갈 줄 아는 온화한 사람이었다. 주급돈우는 장사를 위해 먼 곳까지 다니곤 했는데, 특히 노를 잘 저었다. 왜장인 소서행장은 주급돈우의 능력

• 소서행장(小西行長) 고시니 유키나가. 일본 상인 출신의 정치가로, 임진왜란 당시 일본군 우두머리였다.

을 눈여겨보고 그를 우두머리 뱃사공으로 삼아 조선 원정에 참가했다.

주급돈우는 옥영이 눈썰미가 좋고 재치가 있다는 것을 알고 마치 부장처럼 옆에 두고 아꼈다. 좋은 옷도 구해 입히고 맛있는 음식도 나누어 주며 옥영의 마음을 다독였다. 조선 사람인 옥영이 언제 탈출할지 몰라, 특별히 더 신경을 썼다.

그러나 옥영의 마음은 늘 두고 온 가족과 남편에게 가 있었다. 생사를 알 수 없는 가족에 대한 그리움으로 옥영은 몇 번인가 배에서 뛰어내려 목숨을 버리려고 했다. 그때마다 주급돈우는 옥영을 구해 주고 위로해 주었다.

스스로 목숨을 버리려고 시도했다가 구출된 어느 날, 옥영은 꿈을 꾸었다. 꿈에 장육존상이 나와 말했다.

"나는 만복사의 부처다. 너는 왜 자꾸 죽으려고만 하느냐? 네가 몸가짐을 조심하고 목숨을 잘 지탱한다면 훗날 반드시 좋은 일이 있을 것이다. 부디 자중자애해라."

꿈에서 깬 옥영은 가만히 생각에 잠겼다.

'부처님이 이렇게 꿈에 나타나 이야기하신 것은 분명 어떤 계시가 틀림없어. 우리 몽석이를 가질 때도 부처님의 계시가 있었잖아. 희망을 버리지 말아야겠어.'

이렇게 결심한 옥영은 그 후부터는 한 순간도 죽고 싶다는 마음을 먹지 않았다. 부처님의 계시를 믿고 실낱같은 희망이나마 부여잡은 채 하루하루를 견뎌 냈다.

주급돈우의 집은 나고야(名古屋)에 있었다. 그의 아내는 늙고 딸은 아직 어렸다.

"저는 비록 사내로 태어났지만 어려서부터 몸이 약하고 병치레도 많았습니다. 모두들 저를 계집애 같다고 놀리곤 했지요. 우리 나라에 있을 때도 남자라면 다 가야 하는 군대조차 가지 않았습니다. 여자처럼 집에서 밥하고 빨래하고 바느질하며 지냈으니, 그 일만은 자신 있게 할 수 있습니다. 그러니 저에게 집안 살림을 맡겨 주십시오."

● **부장**(副長) 장(長)을 돕는 지위. 또는 그 지위에 있는 사람.

주급돈우는 옥영이 남장을 한 여자라는 사실을 꿈에도 모른 채 여성의 품성을 지니고 태어난 사내라는 말에 불쌍한 마음이 들었다.

"알았다. 네 천성이 여자 같다면 집안일을 하는 것도 잘 어울릴 게다. 어차피 누군가는 집안 살림을 거들어야 하니 그렇게 하려무나."

주급돈우는 옥영에게 사우(沙于)라는 이름까지 지어 주며 집안일을 돌보게 했다. 또 멀리로 장사를 나갈 때에는 옥영을 배에 태우고 다니며 배 안의 부엌일을 하게 했다. 옥영은 주급돈우의 배를 타고 중국 복건성(福建省)의 민절까지 왕래했다.

● **민절**(閩浙) 중국 복건성과 절강성 사이에 있는 지역.

꿈결엔 듯 들리는
그대의 노래

한편 최척은 소흥에서 여유문과 함께 일을 하며 하루하루를 보내고 있었다. 가족 생각에 시름에 잠겨 있긴 했지만 기운을 차리고 일상생활에 몰두했다. 여유문은 최척의 높은 인품과 성실한 행실에 감복해 그와 의형제를 맺고 친형처럼 돌봐 주었다.

어느 날, 여유문이 최척을 은밀히 불렀다.

"자네와 내가 의형제를 맺은 지 벌써 여러 날이 지났네. 자네도 알다시피 내게 누이동생이 하나 있는데, 어떤가? 내 누이동생과 결혼하지 않겠나?"

최척은 그 말을 듣고 손사래를 치며 대답했다.

"말씀은 고맙지만 그렇게 할 수는 없습니다. 형님도 아시잖습니까? 저희 집안이 왜구에게 짓밟혀 엉망이 됐다는 것을요. 저는 지금 늙은 아버지와 사랑하는 아내의 생사조차 모릅니다. 만약 세상을 떠나셨다고 해도 장례조차 치르지 못했습니다. 이런 처지에 어찌 속 편하게 새로 아내를 얻을 수 있겠습니까? 형님의 말씀은 고맙지만 그렇게 할 수는 없습니다."

최척의 결심이 워낙 굳은 것을 확인한 여유문도 다시는 혼인 이야기를 꺼내지 않았다. 그저 여느 때처럼 동생 대하듯 하며 편안하게 지낼 수 있도록 배려를 아끼지 않았다. 그해 겨울, 여유문은 갑자기 병에 걸려 세상을 뜨고 말았다. 졸지에 의지할 사람을 잃어버린 최척은 낯선 나라에서 갈 곳조차 없는 신세가 되고 말았다.

할 일이 없어진 최척은 회강(淮江) 주변의 명승지를 돌아다니며 쓸쓸한 마음을 달랬다. 용문(龍門)을 구경하고, 우임금의 묘가 있다는 우혈(禹穴)에도 가 보았다. 원상(沅湘)을 거쳐 동정호를 유람하고, 악양루와 고소대에도 올라가 보았다. 강과 산을 떠돌며 시를 쓰기도 하고, 구름과 물처럼 떠돌아다니며 세상일이 부질없다는 생각을 하기도 했다.

여러 곳을 두루 돌아다니며 온갖 것을 보고 다니는 동안, 최척은 청성산에 해섬도사(海蟾道士) 왕명은(王明隱)이라는 사람이 살고 있다는 이야기를 들었다. 왕명은은 한 번 먹으면 영원히 죽지 않는, 금련단(金煉丹)이라는 약을 먹고 한낮에 하늘을 날아다니는 도술을 부린다고

했다. 이 이야기를 들은 최척은 해섬도사가 사는 촉(蜀)나라 땅으로 가서 그에게 도술을 배우겠다고 마음먹었다.

그때 마침 친구인 주우(朱佑)가 최척의 소식을 듣고는 술병을 들고

• 동정호(洞庭湖) 중국 호남성(湖南省) 북부에 있는 중국 제2의 담수호.
• 악양루(岳陽樓) 중국 호남성 동정호구 악주부(岳州府)에 있는 부성(府城)의 서쪽문 누각. 동정호를 한눈에 전
  망할 수 있고 풍광이 아름다운 것으로 유명하다.
• 고소대(姑蘇臺) 중국 춘추 시대에, 오나라의 왕인 부차(夫差)가 고소산(姑蘇山) 위에 쌓은 대. 부차는 월나
  라를 무찌르고 얻은 미인 서시(西施) 등 천여 명의 미녀를 이곳에 살게 했다고 한다.
• 청성산(靑城山) 중국 사천성 성도 근처의 산.

찾아왔다. 주우의 호는 학천(鶴川)이었으며, 원래 항주(杭州) 용금문(湧金門) 밖에 살았다. 그는 유교 경전과 역사에 두루 박식했지만, 공명을 달갑게 여기지 않았다. 늘 책을 쓰는 것으로 일을 삼았으며, 자신이 가진 것을 스스럼없이 남에게 베풀 줄 아는 도량이 넓은 사람이었다.

주우는 술을 따라 최척에게 건넨 뒤, 최척의 자를 다정하게 부르며 말했다.

"여보게, 백승. 이 세상에 오래 살고 싶지 않은 사람이 누가 있겠
나? 그렇지만 세상천지에 영원히 죽지
않고 사는 사람이 어디 있단 말인가?
자네가 청성산에 가서 불사약을 얻겠
다는 소식을 들었네. 정말 가당치도 않
은 일이야. 남은 인생이 얼마나 된다고
그런 약을 먹기 위해 배고픔을 참
겠다는 말인가? 그러다 귀신
이 되겠다는 건가?
자네답지 않은
행동이네. 그러
지 말고 나와
함께 떠나세.

배를 타고 옛날 오나라와 월(越)나라 땅을 구경하면서 비단도 팔고 차 〔茶〕도 팔며 세상 구경이나 다니세. 자유롭게 떠돌 줄 아는 것이야말로 사물의 이치를 깨달은 사람만이 할 수 있는 일 아니겠나."

주우의 말에 최척은 비로소 헛된 망상에서 퍼뜩 깨어났다.

'아, 그렇지. 사람의 목숨은 한정된 법인데, 내가 무슨 엉뚱한 생각을 했단 말인가? 처자식도 잃고 부모와도 인연이 끊긴 내가 뭘 더 바라 영원히 살 생각을 한단 말인가.'

정신을 차린 최척은 주우와 함께 장삿배를 타고 길을 떠나 안남에 이르렀다. 그때가 경자년(1600) 봄이었다. 최척과 주우 일행이 안남의 한 항구에 닻을 내렸을 때, 마침 일본 배 십여 척도 곁에 정박하고 있었는데 그들도 십여 일을 머무르는 중이었다.

때는 4월 초하루여서 날씨는 더할 나위 없이 맑았다. 하늘은 구름한 점 없이 푸르기 그지없었고, 물결은 비단결 같았다. 바람조차 불지 않아 물소리도 들리지 않는 고요한 밤이었다. 뱃사람도 모두 잠들었는지 사람 그림자조차 없이 물새들만 이따금 구슬프게 울고 있었다.

그 정적을 깨고 일본 배에서 염불하는 소리가 아련하게 들려오기시작했다. 염불 소리는 곡조를 타고 가늘고 길게 이어져, 듣는 이를 눈물짓게 했다. 배의 창가에 기대 서 있던 최척도 염불 소리를 듣고 마음이 쓸쓸해졌다. 자신이 겪어 온 일들이 절로 생각났기 때문이다.

● 안남(安南) 베트남.

한동안 염불 소리를 듣던 최척은 짐 보따리에서 퉁소를 꺼내 입에 대고 불기 시작했다. 계면조의 느리고 구슬픈 곡조에는 최척의 한 서린 마음이 담긴 것 같았다. 바다와 하늘을 슬픔에 젖게 하고, 구름과 안개조차 흐느끼게 하는 소리였다.

　잠결에 퉁소 소리를 들은 뱃사람도 모두 일어나 근심스럽고 두려운 마음으로 최척을 바라보았다. 퉁소 연주가 끝나자 일본 배에서도 염불 소리가 갑자기 멈추었다. 잠시 조용하던 일본 배에서 누군가 낭랑한 목소리로 시를 한 편 낭송하기 시작했다. 조선말이었다.

그대 피리 부니
달이 귀 기울이네.
푸른 하늘엔 이슬 맺히고
찬바람 쓸쓸해라.
나 이제 한 마리 새 타고
날아올랐지만
바라보니 아득해라
안개 가득한 내 갈 길.

• 계면조(界面調) 슬프고 애타는 느낌을 주는 국악의 음계.

시 낭송을 마치자 '휴우' 하고 한숨을 길게 내뿜는 소리가 들려왔다.

그 시를 들은 최척은 머리를 무언가로 크게 얻어맞은 것 같았다. 아득한 기운에 정신을 차릴 수가 없었다. 잠시 멍하니 앉아 있던 최척은 크게 울음을 터뜨렸다. 들고 있던 피리를 자신도 모르게 떨어뜨리고, 온 몸에 힘이 다 빠져 버린 것처럼 어깨를 늘어뜨린 채 하염없이 울음만 꺽꺽 토해 냈다. 그의 울음소리는 금방이라도 숨이 넘어갈 것처럼 절박하고 한스러웠다.

곁에 있던 주우가 깜짝 놀라 최척의 어깨를 잡고 흔들었다.

"이보게, 백승! 무슨 일인가? 대체 왜 그러는 거야?"

주우가 몇 번이나 물었지만, 최척은 아무 대답도 하지 못하고 계속 눈물만 흘렸다. 가슴 깊은 곳에서 울려나오는 듯 울음소리가 웅웅거렸다.

얼마를 그렇게 통곡했을까? 최척이 무어라고 웅얼거렸다. 그 소리는 사람의 말이 아니라 짐승의 울음 같았다. 답답했는지 가슴을 몇 번 쥐어뜯던 최척은 넋이 나간 것처럼 허리를 굽혀 떨어진 퉁소를 집었다. 하지만 힘이 없어, 퉁소는 손가락 끝에서 스르르 떨어지고 말았다. 최척의 얼굴은 저승을 다녀온 사람마냥 멍했고 눈동자의 초점은 흐렸다.

시간이 한참을 더 흐른 뒤, 기신기신 정신을 차린 최척이 나직하게 말했다.

"저 시는 내 아내가 지은 것이라오. 오직 우리 부부만 알고 있는 시라네. 그런데 어떻게 왜국의 배에서 아내의 시가 들려온단 말인가? 시를 읊는 목소리조차 내 아내와 너무도 비슷하네. 그럴 리가 없는데, 그 사람이 여기까지 왔을 리가 없는데, 내가 헛것을 들은 걸까?"

배 안에 있던 사람 모두 최척을 둘러싸고 무슨 영문인지 몰라 웅성거렸다. 최척이 느릿느릿 지난 이야기를 털어놓자 모두들 놀라고 신기해 하며 감탄을 연발했다.

듣고 있던 사람 가운데 성격이 괄괄한 홍두(洪杜)라는 이가 자리에서 벌떡 일어났다.

"나 참 답답하네. 그리 궁금해만 하면 무엇하나? 내가 얼른 가서 누가 부른 노래인지 찾아보리다."

홍두가 금방이라도 배에서 뛰어 내려갈 기세를 보이자 주우가 얼른 그의 옷깃을 잡았다.

"이 사람아. 한밤중에 남의 배를 찾아가 시끄럽게 하면 되겠나? 괜히 엉뚱한 봉변이나 당하게 될 거야. 그러지 말고 내일 날이 밝으면 조용히 찾아가 자초지종을 알아보세."

모두들 일이 어떻게 된 것인지 궁금했지만, 주우의 말도 틀리지 않았다고 생각해 고개를 끄덕였다. 최척은 그리움이 더욱 사무쳐 선실로 들어가지 못하고 그 자리에서 앉은 채 밤을 꼬박 새웠다.

날이 희뿌옇게 밝아 오자마자 최척은 부리나케 배에서 내려가 일본 배를 찾아갔다. 최척은 백사장에 서서 일본 배를 올려다보며 조선말로 소리쳤다.

"어젯밤에 시를 읊은 분이 분명 조선 사람이지요? 저도 조선 사람입니다. 남의 나라를 떠도는 신세라 늘 조선 땅과 말이 그리웠습니다.

어제 그 시를 들으니 더 그렇더군요. 같은 처지인 것 같은데 얼굴이라도 한번 뵙고 싶습니다."

일본 배에서 시를 읊은 사람은 다름 아닌 옥영이었다. 남장을 한 채 주급돈우를 따라 안남까지 장사를 왔다가 어젯밤 퉁소 소리를 듣고, 옛날 남편의 연주가 생각나 울적한 마음에 그 시를 읊었던 것이다.

백사장에서 외치는 목소리를 듣고 옥영은 남편 최척임이 분명하다고 생각했다. 하지만 남편이 어떻게 이역만리 안남 땅까지 와 있단 말인가? 옥영은 믿기지 않았지만 마음속으로는 남편임을 점점 확신했다.

옥영은 손을 부들부들 떨며 옷을 걸쳐 입고 배 밖으로 나왔다. 온몸이 사시나무처럼 떨려 왔다. 금방이라도 쓰러질 것처럼 허둥지둥 급하게 배를 내려오며 보니, 백사장에 서 있는 사람은 정말 남편 최척이었다.

"여, 여보."

"당신, 정말이오?"

두 사람은 기쁨과 놀라움에 어쩔 줄 모르며 서로를 부둥켜안고 백사장에 쓰러졌다.

"어어어……."

"……."

목이 메어 말은 막히고, 눈물은 두 사람의 얼굴을 가득 적셨다. 최척은 울다가 고개를 들어 아내의 얼굴을 바라보고, 또 울다가 다시 아

● **이역만리**(異域萬里) 다른 나라의 아주 먼 곳.

내의 얼굴을 쓸어 보았다. 옥영은 최척의 품에 얼굴을 묻고 끊임없이
눈물을 흘렸다.

최척과 옥영이 부둥켜안고 울자 양쪽 배에 타고 있던 사람들이 다
나와 이들을 에워쌌다. 처음에는 웬 두 남자가 얼싸안고 난리인가 의
아해 했다. 친척이나 친구 사이라고 생각하다가 그러기에는 어울리지
않는다 싶어 고개를 갸웃거렸다.

주우가 두 사람이 부부라는 것을 설명해 주자 그제야 비로소 상황
을 이해한 사람들이 모두 놀라고 기이해 하며 감격을 함께 나누었다.

"거 참 신기한 일도 다 있네."

"그러게 말이야. 하늘이 도운 거야. 조선 땅에서 헤어져 이렇게 안남
에서 만나다니!"

"이런 일은 난생처음 보네."

만남의 기쁨에 겨워 한참을 얼싸안고 있던 최척이 비로소 정신을
차리고 옥영에게 물었다.

"부모님은 모두 어떻게 되셨소?"

옥영이 눈물을 닦으며 대답했다.

"산에서 잡혀 포구에 이를 때까지는 두 분 다 무사하셨어요. 하지만
배에 탈 때 날이 어두워져서 그만 서로 잃어버리고 말았답니다."

두 사람은 부모님 이야기를 하다가 또 얼싸안고 통곡했다. 곁에서
보던 사람들도 함께 눈물을 흘렸다.

그날 밤, 주우가 주급돈우를 모셔 술을 대접하며 말했다.

"두 사람의 운명이 참으로 기구하군요. 이제 두 사람이 다시 함께

살도록 해 주는 게 좋지 않겠습니까?"

주급돈우도 고개를 끄덕였다.

"보아하니 댁에서 옥영을 데리고 있었던 것 같은데, 제가 백금 두 덩이를 내겠소이다. 그걸 받으시고 옥영을 최척에게 보내시는 게 어떻겠습니까?"

주우의 제안에 주급돈우가 얼굴을 벌겋게 붉히며 손사래를 쳤다.

"아니오. 백금은 필요 없소. 옥영을 만난 지 벌써 사 년이 되었소이

다. 일찍이 이 사람의 단정하고 훌륭한 성품을 높이 사 친자식과 같이 지냈지요. 함께 자고 먹고 잠시도 떨어져 있지 않았습니다. 그러는 동안 단 한 번도 이 사람을 여자로 의심한 적이 없었다오. 이토록 기구한 운명이라니, 이는 귀신도 감동할 만한 일이오. 내 비록 둔하고 어리석다고 해도 목석처럼 감정이 없는 것은 아니라오. 자식같이 지낸 사람을 어찌 돈을 받고 팔겠소."

말을 마친 주급돈우는 품에서 은자 열 냥을 꺼내 옥영에게 여비로 주며 말했다.

"너와 함께 사 년이나 동고동락하다가 이렇게 하루아침에 이별을 맞으니 한편으로는 슬프기 그지없구나. 하지만 네가 이렇게나마 남편을 만나 끊어진 인연을 다시 이으니 천만다행이다. 아마도 너희 부부는 이 세상에 두 번 다시 없을 기이한 인연임이 틀림없다. 내가 이 운명을 막는다면 천벌을 받을 거야. 잘 가거라, 사우야. 몸 건강하고 조심하거라."

주급돈우의 말에 옥영은 감격해 손을 들어 고마움을 표시하며 말했다.

"나리의 보살핌이 없었다면 저는 지금까지 살 수 없었을 겁니다. 이렇게 사랑하는 낭군을 다시 만난 것도 다 나리의 보살핌 덕분입니다. 더구나 이렇게 여비까지 선뜻 내주시니 은혜를 어떻게 갚아야 할지 모르겠습니다. 고맙습니다."

옥영이 고개를 조아렸다. 곁에 있던 최척도 거듭거듭 고개를 숙여 인사했다.

"고맙습니다, 고맙습니다."

최척이 옥영과 함께 배에 오르자 많은 사람이 환호성을 질렀다. 배가 포구에 머무르는 동안 소문을 들은 사람들이 날마다 찾아와 두 사람을 위로하고 축하했다. 금과 은에 비단을 가지고 오는 사람도 있었다. 최척은 모두에게 진심을 다해 고마움을 전했다.

항주의 집으로 돌아온 주우는 방 하나를 깨끗이 청소하고 최척 부부가 편안하게 살도록 돌봐 주었다. 영원히 헤어진 줄 알았던 아내를 다시 만난 최척은 비로소 사는 즐거움을 맛볼 수 있었다. 그러나 늙은 아버지와 어린 아들 생각에 마음 한쪽은 항상 먹먹했다.

'혹시 돌아가신 것은 아닐까? 소식이라도 알려면 어서 조선에 돌아가야 할 텐데.'

최척은 한편으로 애를 태우며 하루하루를 보냈다. 아내 옥영은 아이를 잉태해 부부가 다시 만난 지 일 년 만에 아들을 낳았다. 아이를 낳기 전, 옥영의 꿈에 다시 장육존상 부처가 나타나 말했다.

"아이를 낳으면 등에 또 사마귀가 있을 것이니라."

태어난 아이의 등에는 정말 사마귀가 하나 있었다. 부부는 몽석이 다시 태어난 것이라 생각하고, 아이 이름을 몽선(夢禪)이라고 지었다.

임진왜란이 남긴 상흔

임진왜란은 단지 수많은 인명을 앗아 가는 결과로 끝나지 않았습니다. 우리 땅에 있던 수많은 문화재가 전쟁으로 파괴되거나 사라졌고, 상당수는 일본에 약탈당했습니다. 당시 일본은 조선의 도자기 기술을 으뜸으로 쳤는데 이 때문에 숱한 도공이 끌려갔습니다. 전쟁을 통해 조선의 문화가 일본으로 건너가면서 강제적인 문화 교류가 일어난 결과도 낳았지요. 칭기즈 칸의 전쟁으로 유럽과 아시아의 문화가 섞였듯이, 임진왜란을 통해 조선의 문화가 일본에 전해졌습니다.

우리나라의 문화재 피해

전쟁이 발발한 지 20여 일 만에 한양이 함락될 정도로 조선은 일본의 침략 앞에 힘없이 무너졌습니다. 그에 따라 수많은 문화재도 순식간에 불타거나 약탈당했지요. 궁궐, 사찰, 각 지역의 향교 등이 훼손되거나 파괴되고 거기에 있던 서화, 도자기, 공예품 등은 강탈당했습니다. 일본이 석탑이나 범

임진왜란 중 소실된 주요 문화재

경복궁, 창덕궁
전등사
조선왕조실록
(서울 사고)
조선왕조실록(충주 사고)
직지사
불국사
분황사
약사여래입상
화엄사
통도사
대흥사
송광사
조선왕조실록
(성주 사고)

종까지 가져갔으니, 옮기기 쉬운 문화재는 얼마나 많이 가져갔을지 짐작할 수 있지요. 임진왜란 중 일본은 우리 문화재를 조직적으로 약탈할 목적으로 이른바 6부라는 특수 부대까지 만들었다고 합니다. 이때 빼앗긴 문화재는 아직까지 파악할 수 없을 정도로 많습니다. 우리나라는 1965년에 일본과 '문화재 및 문화 협력에 관한 협정'을 체결해 총 1,329점의 문화재를 돌려받았지만 이는 빼앗긴 문화재의 20분의 1 정도라고 합니다. 1983년에는 유네스코의 '문화재의 불법 반출입 및 소유권 양도의 금지와 그 예방 수단에 관한 협약'에도 가입했지만 문화재 반환은 여전히 큰 숙제로 남아 있습니다.

일본에 남은 임진왜란의 흔적

사가현의 상징 새, 까치

일본 규슈 사가현을 상징하는 새는 까치카라스입니다. 16세기 이전까지 일본에는 까마귀만 있고, 까치에 대한 기록이 없었지요. 임진왜란 때 조선에서 까치를 가져와 고려새(高麗鳥)라고 불렀다고 합니다. 일본 말로 까치를 '까치카라스'라고 하는데 조선말인 '까치'에 까마귀를 뜻하는 일본어 '카라스'를 붙인 것입니다.

교토의 귀무덤, 코무덤

도요토미 히데요시가 전쟁으로 숨진 조선 사람들의 머리 대신 코와 귀를 잘라 소금에 절여 일본으로 가져온 것을 모아 묻은 무덤. 약 4만 여개의 귀와 코가 묻혀 있다고 합니다. 임진왜란 때 포로로 잡혀가 일본에 성리학을 전한 강항(姜沆)은 자신의 저서 《간양록(看羊錄)》에서 "'사람의 귀는 둘이지만 코는 하나이니 코를 베어 머리를 대신하는 것이 좋겠다.'라고 한 도요토미 히데요시의 명령에 따라 코를 베어 공을 증명했다."라고 밝혔습니다.

가고시마의 말

가고시마 영주 요시히고가 조선 사천성 전투에 참여했다가 말 10마리를 전리품으로 가져갔습니다. 이는 키 130센티미터에 '과일나무 아래를 지나갈 수 있을 정도로 조그만 말'이라고 해서 과하마(果下馬)라고도 부르는 조선의 조랑말로, 털이 거의 없는 제주도 조랑말과 비슷합니다. 온순하지만 체격에 비해 힘이 세서 소 대용으로 쓰이기도 했지요. 일본에서는 소처럼 생긴 데다 소처럼 쓰이는 말이라고 해서 '소'를 뜻하는 일본어 '우시'에 '말'을 뜻하는 일본어 '우마'를 붙여 우시우마(牛馬)라고 부릅니다.

가고시마의 고려 마을, 고려 다리, 고려 떡

가고시마의 시마즈(島津) 가문 장수들에게 포로로 끌려간 조선 사람들이 모여 살던 마을을 고라이마치(高麗町)라고 합니다. 포로는 주로 조선인 도공이었으며 심씨, 박씨, 임씨 성 등 모두 43명이었다고 합니다. 이 마을에 있는 다리 이름은 고라이바시(高麗橋)이고 이 마을의 조선인들이 만들어 먹던 떡을 고레모치(高麗餅)라고 합니다. 조선의 시루떡을 일본식으로 변형한 일종의 카스텔라인데, 심씨 가문의 사람들이 주로 만들어 먹었다고 하네요.

다시 이별하니 눈물은 강이 되고

최척이 아내 옥영과 다시 만나 새로 아들을 얻고 알콩달콩 생활한 지 여러 해가 지났다. 어느 새 몽선은 훌쩍 자라 혼인할 나이가 되었다. 최척과 옥영은 똑똑하고 어진 며느릿감을 찾아 온 고을을 뒤졌다.

최척의 이웃에는 진(陳)씨 집안이 살고 있었는데, 그 집에 홍도(紅桃) 라는 딸이 있었다. 홍도의 아버지 위경(偉慶)은 조선으로 원정을 떠났 다가 생사가 끊겼다. 홍도가 첫돌도 되기 전의 일이었다. 그 후 홍도는 홀어머니 밑에서 자랐는데 어머니마저 세상을 떠나면서 이모님 댁으 로 옮겨 와 살고 있었다.

홍도는 어렸을 때 먼 타국 땅으로 떠나 돌아가신 아버지의 얼굴을 한 번도 본 적이 없었다. 그래서 늘 이런 처지를 애통해 했고, 언젠가 는 아버지가 돌아가신 조선에 가서 그 넋을 위로해 드리고 싶다는 생각을 했다. 그렇지만 여자의 몸으로 혼자서 조선에 갈 수도 없는 노릇이어서 애면글면할 뿐이었다.

어느 날, 홍도는 이웃에 사는 최척이 아들의 배필을 구하고 있다는 소문을 들었다. 그가 조선 사람이라는 것을 이미 알고 있었던 홍도는 이모를 졸랐다.

"최 선비 댁에서 며느릿감을 찾는대요. 이모님께서 저를 중신해 주시면 안 될까요?"

홍도의 이모는 처음에 펄쩍 뛰었다.

"왜 하필 조선 사람이냐? 우리 나라 사람도 많고 많지 않으냐?"

이모의 말에 홍도가 무릎을 꿇고 정색을 하며 입을 열었다.

"저는 어려서 이별한 아버지를 지금까지 한 번도 뵌 적이 없어요. 아버지 얼굴도 기억나지 않아요. 늘 아버지에 대한 그리움이 뼈에 사무쳤지요. 제 평생소원이 조선 땅에 가서 아버지의 넋을 위로하는 제사를 지내는 것이에요. 최척 선비의 아드님은 착실하고 마음 씀씀이도 넓다고 들었어요. 더구나 조선 사람이니 혼인을 하면 조선 땅에도 갈 수 있잖아요. 그러면 조선에서 아버지 넋을 달래 드릴 수도 있으니, 이야말로 일거양득이 아니겠어요? 제발 그 댁에 중매를 넣어 주세요."

이모는 홍도의 효성에 감동해 눈물을 글썽이며 고개를 끄덕였다. 그러고는 곧바로 이웃의 최척에게 찾아가 자초지종을 털어놓고 혼인하기를 청했다. 이야기를 들은 최척은 웃으며 말했다.

"허허, 조카따님의 생각이 그렇다니, 정말 대단한 효심이군요. 그 마음씨가 너무나 곱습니다. 이 하나만 보더라도 제 며느릿감으로 손색이 없을 것 같습니다."

일이 일사천리로 풀려 마침내 몽선과 홍도는 백년가약을 맺었다.

몽선이 결혼을 한 이듬해, 오랑캐가 요양(遼陽) 지방에 침략했다. 오랑캐는 파죽지세로 여러 진영을 무너뜨렸고, 수많은 병사와 백성은 목숨을 잃었다. 화가 머리끝까지 오른 황제는 대규모 병력을 동원해 오랑캐를 쳐부수라는 명령을 내렸다.

그 무렵 오세영(吳世英)이라는 사람이 소주에 살고 있었다. 그는 교유격(喬遊擊)이라는 장군 휘하에서 벼슬을 하고 있었는데 최척이 매우 용맹하고 재주가 뛰어나다는 말을 여유문에게 들은 적이 있었다. 오랑캐에 맞서 싸움터에 나가게 된 오세영은 그 기억을 떠올리고는 최척을 불러 서기로 삼았다.

갑자기 전쟁터에 끌려 나가게 된 최척은 옥영과 다시 이별하게 되었다. 오랫동안 헤어졌던 남편을 천신만고 끝에 다시 만나 행복을 나누던 옥영은 최척의 출전 소식에 하늘이 무너지는 것 같았다. 최척도 사

랑하는 아내와 헤어질 생각을 하니 눈물이 앞을 가렸다. 옥영은 남편의 손을 잡고 흐느끼며 말했다.

"저는 팔자가 사나운 사람인가 봐요. 난리 통에 당신과 헤어졌다가 온갖 우여곡절을 다 겪은 뒤에야 겨우 다시 만나 짧은 행복을 나눌 수 있었어요. 끊어진 거문고 줄 같고 깨진 거울 같았던 우리 부부가 다시 줄을 잇고 둥근 거울이 될 수 있었던 것은 하늘의 도움 때문이었어요. 끊어졌던 인연의 끈이 다시 이어져 집안 제사를 지내고 대를 이을 자식을 얻은 지 어느새 스무네 해나 되었네요.

그동안 당신께 받은 사랑을 생각하면 이쯤에서 죽어 저승으로 간다고 해도 더 바랄 게 없어요. 하지만 당신이 또 전쟁터로 나가야 하다

● **파죽지세**(破竹之勢) 대를 쪼개는 기세라는 뜻으로, 적을 거침없이 물리치고 쳐들어가는 기세를 이른다.
● **소주**(蘇州) 중국 강소성 동남부에 있는 지방.
● **서기**(書記) 문서나 기록 따위를 맡아보는 사람.

니, 왜 늘그막에 이런 참혹한 일을 다시 겪어야 하는지 모르겠어요. 당신이 가시는 요양이라는 곳은 만 리도 더 떨어진 곳이라니, 살아 돌아올 수 있으실지 가늠조차 되지 않네요.

제게 베풀어 주신 당신의 사랑을 생각하면, 차라리 제가 먼저 죽어 당신이 나를 잊고 지낼 수 있도록 하는 게 낫겠어요. 당신을 떠나보내고 혼자 남아 밤낮으로 괴로워할 고통도 그렇게 하면 사라지겠지요. 부디 건강하시고, 저는 잊어 주세요."

말을 마친 옥영이 갑자기 품에서 칼을 꺼내 제 목을 찌르려 했다. 화들짝 놀란 최척이 얼른 달려들어 칼을 뺏은 뒤 아내를 다독였다.

"지금 보잘것없는 오랑캐 우두머리가 제 분수를 모르고 대드는 것은 매미가 팔을 걷어붙이고 힘자랑을 하는 것에 지나지 않소. 황제의 명을 받아 나서는 우리는 단칼에 그들을 쓸어버릴 것이오. 그까짓 오랑캐 따위 쳐 없애는 것쯤 계란을 깨는 것과 무엇이 다르겠소?

이번에 군대를 따라 전쟁터에 가는 것은 그저 시간을 좀 허비하는 것일 뿐이고, 손톱만큼 수고하는 일일 뿐이오. 괜히 걱정하거나 슬퍼하지 말고 내가 공을 세우고 돌아오는 날, 술잔을 들고 축하해 줄 생각만 하면 된다오. 더구나 우리 아이가 건장하게 잘 자라 제 역할을 다하고 있으니, 당신 한 몸 의지하기에 충분하지 않겠소? 밥 굶을 걱정을 크게 하지 않아도 될 정도로 집안 살림이 일어났으니, 먼 길 떠나는 내게 쓸데없는 근심을 주려 하지 말고 부디 옥체를 보존하시오."

최척은 아내를 다독인 뒤 짐을 꾸려 전쟁터로 나갔다.

기구한
세상의 인연을 따라

요양 땅에 이른 명나라 군사는 오랑캐가 진을 치고 있는 땅으로 수백
리를 더 걸어 들어가 자리를 잡았다. 근처에는 조선의 군사들도 와서
머무르고 있었다.

"이곳의 지명이 무어냐?"

명나라 장수가 참모에게 물었다.

"예, 장군. 우모채(牛毛寨)라는 곳입니다."

"오랑캐의 진영은 이곳에서 얼마나 떨어져 있느냐?"

"그리 멀지 않습니다. 경계를 단단히 하는 게 어떨까요?"

참모의 말에 명나라 장수는 코웃음을 쳤다.

"경계는 무슨. 오랑캐 따위가 작전을 알겠느냐? 아니면 사기가 충천
하길 하겠느냐? 걱정할 필요 없다. 그저 이곳에 주둔하고 있다가 그들

이 쳐들어올 때 간단히 막아 몰살시키면 된다."

명나라 장수는 기고만장해서는 경계병조차 거의 세우지 않고 마음을 놓고 있었다. 명나라 군사들이 우모채에 주둔한 지 며칠이 지나지 않아서였다. 갑자기 한 병사가 다급하게 달려와 보고했다.

"장군, 큰일 났습니다. 오랑캐가 지금 물밀듯이 밀려오고 있습니다."

대낮부터 술에 취해 있던 장수는 그만 놀라 술잔을 떨어뜨렸다.

"무어야? 오랑캐가? 어서 나서서 막아라. 궁수를 전진 배치해라. 죽기를 각오하고 싸워라."

장수는 다급하게 명령을 내렸지만, 이미 적의 침입에 혼비백산한 군사들은 우왕좌왕 정신을 차리지 못했고, 결국은 오랑캐에 쫓겨 달아나기에 급급했다. 오랑캐는 순식간에 명나라 진영을 쑥대밭으로 만들었고, 수많은 병사를 죽이고 사로잡았다.

"저 명나라 포로놈들을 모두 처단하라."

오랑캐 장수는 쩌렁쩌렁한 목소리로 명령을 내렸다. 포로로 잡힌 명나라 군사는 모두 목숨을 잃고 말았다.

그때, 조선의 병사를 지휘한 장수는 강홍립이었다. 명나라는 오랑캐인 후금을 공격하기 위해 조선에 병사를 보내 달라고 청했다. 조선 조정은 명나라의 부탁을 거절할 수도 없고, 그렇다고 강력한 신흥 세력인 후금과 맞서 싸울 수도 없었다. 곤경에 처한 광해군은 출정하는 강홍립을 불러 은밀히 명령을 내렸다.

"가서 명나라에 협조하는 척하면서, 전세를 보아 가며 적절히 판단해 후금과도 원수가 되지 않도록 처신하라."

명나라 군사들이 패하자 강홍립 장군은 왕의 명령대로 후금의 장수에게 자신들은 어쩔 수 없이 출정했다는 설명을 하며 항복했다. 설명을 듣고 난 후금의 장수는 고개를 끄덕이며 조선의 병사들을 죽이지 않고 포로로 잡아 두었다.

　　최척이 속한 부대의 장군 교유격은 병사 십여 명을 데리고 조선 병사들이 포로로 잡혀 있는 곳으로 숨어 들어갔다. 조선 사람인 것처럼

- **경계병**(警戒兵) 아군의 진지에서 적의 침입에 대비해 경계 임무를 맡은 병사.
- **궁수**(弓手) 활 쏘는 일을 맡아 하는 군사.
- **강홍립**(姜弘立) 조선 광해군 때의 무신. 광해군 11년(1619) 심천(深川) 싸움에 오도 도원수(五道都元帥)로 출정했다가 후금의 포로가 되어 구 년간 그곳에 머물렀다. 그 뒤 정묘호란 때 후금의 사신으로 강화(江華)에 와서 화의를 주선한 후에 국내에 머물렀으나, 역신으로 몰려 단식하다가 죽었다.
- **후금**(後金) 중국에서 1616년에 여진의 족장 누르하치가 세운 나라. 이후에 '청'으로 이름을 고쳤다.

꾸며 살아남기 위해서였다. 그러나 조선 군사와 명나라 군사는 군복부터가 달랐다. 교유격은 강홍립에게 조선의 군복을 내 달라고 청했다. 하지만 강홍립이 군복을 내주려 하자 종사관 이민환(李民寏)이 손을 내저었다.

"내주시면 안 됩니다. 그러다 후금의 장수에게 발각되면 우리의 목숨도 보장받을 수 없습니다."

이민환의 말이 맞다고 생각한 강홍립은 교유격의 병사들을 모두 잡아 후금의 진영으로 보내 버렸다. 교유격의 부대에 있던 최척은 이때 일행에서 몰래 빠져나와 조선 병사의 틈에 숨어들었다. 조선말을 능숙하게 쓰는 최척을 아무도 명나라 병사로 생각하지 않았기 때문에 그는 무사히 목숨을 건질 수 있었다.

후금의 장수는 포로로 잡은 조선 병사들을 넓은 마당에 모아 놓고 철저히 감시했다. 포로들이 너무 많아 몇 명씩 나누었는데, 최척의 무리 가운데 키가 훤칠한 젊은이가 한 명 있었다. 젊은이는 최척을 보며 고개를 갸웃거렸다.

'이상하네, 어디서 많이 본 듯한 얼굴이야. 그런데 대체 정체가 뭘까? 말도 잘 하지 않고, 어쩌다 하는 말도 더듬거리는 게 이상한데? 혹시 죽는 것이 두려워 조선인 행세를 하는 명나라 병사가 아닐까?'

최척은 오랫동안 조선을 떠나 있었기 때문에 말이 어눌한 데다, 괜히 이런저런 말을 늘어놓다 신분이 드러날까 봐 가능하면 말을 아꼈다. 그런 행동이 오히려 청년의 의심을 산 것이다.

"어르신은 어디 출신이십니까?"

　어느 날, 청년이 최척에게 따지듯
물었다. 청년의 표정에 악의는 없어 보였지만,
혹시 오랑캐가 신분을 속이고 몰래 조사하는 것인지도
모른다는 생각에 최척은 거짓말을 둘러댔다.
　"나는 충청도 출신이라오."

● 종사관(從事官) 조선 시대에 각 군영의 우두머리 장수를 보좌하던 종육품 벼슬.

"그래요? 충청도 어디인가요?"

"충청도와 전라도 경계라오."

최척은 가늘게 떨리는 목소리로 충청도라고 했다가 전라도라고도 하며 얼버무렸다. 청년은 아무래도 납득이 되지 않는다는 듯 고개를 갸웃거렸지만, 더는 캐묻지 않았다. 혹 이러다 신분이 들통 나는 것은 아닐까, 최척은 안절부절못했다.

최척이 포로가 된 지 몇 달이 지났다. 그동안 최척과 청년은 많이 가까워졌다. 의심의 눈길을 보내던 청년도 최척의 인자한 인품과 너른 이해심에 점점 마음을 열었다. 두 사람은 남의 전쟁터에 끌려와 포로가 되다 보니 서로에게 동병상련을 느끼며 친해졌다.

어느 날, 최척은 청년에게 자신이 살아온 이야기를 하소연하듯 털어놓았다. 왜구의 침략으로 사랑하는 아들과 헤어진 이야기를 듣던 청년은 얼굴빛이 파랗게 질리고 몸을 부들부들 떨기 시작했다. 그가 떨리는 말투로 물었다.

"혹시 잃어버린 아들이 몇 살이나 되는지요?"

최척이 회한에 가득 차서 대답했다.

"갑오년 10월에 태어나 나하고 헤어진 게 정유년 8월이니 그 아이가 꼭 네 살 되던 해였구먼. 이제는 얼굴도 잘 기억나지 않아. 참 오랜 세월이 흘렀지."

최척의 눈가에는 아들에 대한 그리움의 눈물이 맺혔다. 청년이 다급하게 침을 한 번 삼키고 물었다.

"아이 몸에 특징이라도 있었나요?"

최척이 아련한 기억을 더듬듯 지그시 눈을 감고 대답했다.

"등에 어린아이 손바닥만큼 큰 붉은 사마귀가 있었지."

그 말을 들은 청년은 넋이 나간 것처럼 털썩 주저앉아 멍하니 있더니, 갑자기 벌떡 일어나 윗옷을 벗기 시작했다. 청년의 눈은 벌겋게 충혈되어 부풀어 올랐다. 청년이 난데없이 옷을 벗자 최척은 당황해 어쩔 줄 몰랐다. 옷을 벗은 청년이 울먹이며 등을 보여 주고는 말했다.

"제가 바로 몽석입니다, 아버지."

청년의 등에 어린아이 손바닥만 한 붉은 사마귀가 선명하게 보였다.

"아니, 이게, 어…… 어떻게, 네가 여기에 있느냐? 어디 보자, 정말

네가 몽석이냐?"

최척은 몽석의 등을 쓸어내리며 울음을 터뜨렸다.

"아버지, 제가 정말 몽석입니다. 이렇게 이국땅에서 아버지를 뵙게 되다니……."

몽석도 목이 메어 말을 맺지 못했다. 몽석은 남원에서 무예 공부에 열중하다가 강홍립의 군사로 선발되어 원정에 참가한 터였다. 한참 서로 부둥켜안고 통곡하다가 최척이 비로소 정신을 차리고 물었다.

"아버지는 살아 계시냐?"

몽석이 눈물을 닦고 그제야 싱긋 웃으며 대답했다.

"예, 할아버님은 지금 고향 집에서 건강하게 살고 계세요."

"네 외할머니는?"

"외할머니도 함께 지내고 계세요."

두 분 다 무사하다는 말을 듣자 최척이 다시 울음을 터뜨렸다.

"나는 두 분이 다 돌아가셨으리라 생각했다. 건강하시다니 참말로 다행이구나. 지금도 이 불효자를 기다리고 계시겠지?"

"그럼요. 날마다 아버지가 돌아오길 빌고 계시지요. 해질 녘이면 집 앞에 나가 하염없이 서서 아버지가 돌아오길 기다리셨어요."

그 말에 최척은 눈물을 하염없이 흘렸다. 살아 계시다는 소식을 들으니 그리움이 더욱 가슴에 사무쳤다. 그날 이후로 최척과 몽석은 날마다 마주앉아 살아온 이야기를 나누었다. 이야기 끝에는 서로 부둥켜안고 울음을 터뜨리기 일쑤였다.

한편, 조선인 포로들이 잡혀 있는 곳에 자주 왕래하는 늙은 오랑캐 병사가 있었다. 그는 최척과 몽석이 날마다 부둥켜안고 울며 이야기 나누는 것을 보고, 안쓰러운 표정을 짓곤 했다. 마치 두 사람의 말을 알아듣는 것 같았다.

하루는 오랑캐 병사들이 모두 돌아간 후 혼자 남은 늙은 병사가 최척과 몽석에게 살금살금 다가와서 물었다. 뜻밖에도 그는 조선말을 했다.

"대체 무슨 사연이 있어 그렇게 날마다 울고불고하는 거요? 처음부터 이상했는데, 사연을 들려줄 수 없소?"

최척과 몽석은 의심부터 들었다. 혹시 해코지하려는 게 아닐까 싶어서였다. 이를 눈치챈 늙은 병사가 자기 진심을 털어놓았다.

"걱정 마시오. 당신들에게 나쁜 짓을 하지는 않을 것이오. 나도 조선 사람이오. 평안북도 삭주(朔州)에서 근무했다오. 그곳 부사가 지독하게 백성을 괴롭히고 병사들을 달달 볶는 바람에 견디다 못해 가족을 데리고 오랑캐 땅으로 왔다오. 벌써 십 년이나 된 일이오.

정착하고 보니 오랑캐라고 무시해 왔던 사람들이 오히려 내게 더 잘해 주었다오. 성격이 솔직하고 백성을 가혹하게 괴롭히는 일도 없어 살기 좋았소. 사람의 한평생이란 풀잎에 맺힌 이슬처럼 덧없이 순식간에 지나가는 것 아니겠소? 고향에 살겠다는 이유 하나로 채찍으로 얻어맞으면서까지 고통을 당하고 웅크리며 지낼 이유가 뭐가 있겠소?

● **해코지** 남을 해치고자 하는 짓.
● **부사**(府使) 조선 시대에 둔 대도호부사와 도호부사를 통틀어 이르던 말.

오랑캐 땅에 들어와 열심히 일한 덕분에 지금은 날랜 군사 팔십 명을 거느린 직책을 맡았다오. 오랑캐 군사로 들어온 조선인을 관리하고 감독하는 역할이지요."

늙은 병사가 자기 이야기를 털어놓자 그제야 안심한 최척은 자신이 겪은 기구한 일들을 말해 주었다. 이야기를 들은 늙은 병사는 놀라고 감동해 한동안 입을 열지 못하다가 부자의 손을 잡고 말했다.

"정말 기이한 일이군요. 내가 비록 문책을 받는 한이 있더라도 어찌 당신들을 살려 보내지 않을 수 있겠소?"

늙은 병사는 다음 날 몰래 다시 찾아와 말린 밥을 싼 보자기를 내밀었다.

"막사 옆으로 돌아 가면 산으로 난 샛길이 있소. 그 길을 따라가면 조선으로 돌아갈 수 있을 것이오."

최척과 몽석은 몇 번이나 뒤돌아보며 늙은 병사에게 인사하고, 오랑캐 진영을 몰래 빠져나와 조선으로 돌아갈 수 있었다.

실리와 명분의 또 다른 싸움

최척은 아내를 만나 명나라에서 행복한 삶을 꾸리다가 다시 후금과의 전투에
참여합니다. 당시 명나라 장수는 유정(劉綎)이었는데, 조선에서 파병한 강홍립의
군대 또한 유정 휘하에서 전투에 참여했다가 후금에 투항합니다. 그 과정에서
최척은 조선에 두고 왔던 아들을 만나지요. 강홍립의 파병과 투항은 당시의 어떤
국제 정세 속에서 이루어진 것인지 다양한 기사를 통해 알아봅시다.

강홍립, 애국자인가 매국노인가?

명나라와 후금의 전쟁에 출병한 강홍립 장군이 결국 후금에 항복하고 말았다. 지난 1619년 3월, 명나라의 요청에 따라 왕(광해군)의 명령으로 전쟁에 참여한 강홍립 장군은 이렇다 할 전과도 거두지 못한 채 후금에 투항했다.

조정에서는 이런 강홍립 장군의 행동에 대해 엇갈린 의견을 보이고 있다. 매국노로 규정해 강력히 처벌해야 한다는 주장과 국제 정세상 어쩔 수 없는 결정이었다는 동정론이 팽팽히 맞서고 있다.

강홍립 장군의 파병은 임진왜란 후의 국제 정세와 긴밀하게 맞물려서 결정된 사항이었다. 임진왜란에 지원군으로 참가했던 명나라가 후금의 침략을 받자 도움을 요청했기 때문에 조정에서는 이를 거절할 명분이 없었다. 도움을 받았으니, 빚 갚음을 위해서라도 파병을 거부할 수 없었던 것이다.

"은혜를 갚기 위해 참가한 전투에서 변변히 싸워 보지도 않고 적에게 항복하는 것은 도리를 모르는 짐승 같은 행위다. 강홍립은 명분을 다른 어떤 가치보다도 중요하게 여기는 우리 조선의 체면을 깎아 먹은 몰염치한 반역자이다. 더구나 적통을 잇는 명나라에 대한 배반은 우리 조선의 명운을 위태롭게 할 가능성마저 있다."

이름을 밝히기 꺼려한 조정의 한 벼슬아치는 강홍립의 투항에 대해 이렇게 맹비난했다. 반면 강홍립을 옹호하는 목소리도 나오고 있다.

"명나라는 스러지는 태양일 뿐이다. 이제 대륙은 후금의 세상으로 재편되고 있다. 이런 정세에 명나라를 위해 후금과 맞선다는 것은 계란으로 바위 치기다. 명분보다는 실리를 추구하는 것이 외교의 기본이다. 현실을 직시한 강홍립은 오히려 나라를 구한 애국자이다."

강홍립의 판단을 국제 정세 속에서 파악해야 한다는 한 외교관의 말이다. 지금의 국제 정세

가 한 치 앞도 볼 수 없는 안개 속 같기 때문에 이런 의견 또한 시사하는 바가 크다.

이러한 논란 가운데 강홍립이 새로운 주장을 내놓아 주목된다. 그는 현재 후금에 억류되어 있는데, 현지에 있는 본지 기자와의 인터뷰를 통해 투항이 독단적으로 이루어진 것이 아니었음을 밝혔다.

"형세를 봐서 적당히 후금에 투항한 뒤, 우리 조정의 어려운 사정을 후금에 잘 설명해 오해를 풀도록 하라."

강홍립 장군은 왕으로부터 이 같은 밀지를 받았음을 밝혔다. 이 밀지의 내용이 사실이라면 앞으로 조정에서의 논란이 더 커질 것으로 보인다.

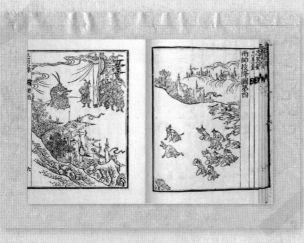

강홍립의 투항 장면을 담은 〈양수투항도〉. 정조 때 간행된 《충렬록》에 실려 있다.

반역자, 정영수의 행적

강홍립 장군이 왕의 명령을 받고 명나라와 후금의 만주 부차(富車) 전투에 참여했을 때, 조선의 군사는 1만 3천 명이었다.

그중 정명수(鄭命壽)라는 사람이 있었는데, 평안도 은산 출신인 그는 조선인 포로들이 모두 석방될 때, 귀국을 포기하고 후금의 뒤를 이은 청나라에 남았다. 그는 청나라 말을 배워 조선의 내부 사정을 밀고해 황제의 신임을 얻기도 했다.

정명수는 1636년 발발한 병자호란 때 청나라 장수인 용골대(龍骨大)의 통역으로 조선에 귀국해 온갖 협잡을 일삼고 밀고를 하는 등 조국을 배신하는 매국 행위를 서슴지 않았다. 그는 노비 출신인 아내의 친족을 정주 군수로 추천하고, 병조의 관리들을 구타하는 등 패악을 저질렀다.

정명수의 악행에 치를 떨던 조선 의협 무사들이 그를 시해하려다 실패해 목숨을 잃기도 했다. 결국 그는 효종 4년(1653) 심양에서 이사용(李士用)에 의해 살해당했다.

급변하는 동북아 국제 정세를 이용해 개인의 사리사욕을 채운 세력들은 어느 시대에나 존재함을 그를 통해 다시 확인하게 된다.

임진왜란 이후의 국제 정세

임진왜란이 조선과 명, 일본 등 동북아시아 세 나라에 끼친 영향력은 실로 막대하다. 일본에서는 임진왜란 패배 이후 전쟁의 주범이었던 도요토미 히데요시 정권이 몰락하고 도쿠가와 이에야스 막부가 정권을 장악했다.

새로 등장한 도쿠가와 정권은 표면적으로 평화 유지 전략을 내세우며, 외교 재개와 일본 내의 평화 체제 구축에 힘을 쓰는 등 도요토미 정권과 차이를 보이고 있다.

중국 대륙에서는 전쟁에 참여했던 명나라의 힘이 약화된 틈을 타서 여진족의 후금이 강대한 세력을 모아 가고 있다. 후금은 수시로 명나라의 국경 지역을 침범하는 등 호시탐탐 중국 대륙을 장악하기 위해 나서고 있다. 1616년에 국호를 후금으로 정한 여진의 지도자 누르하치는 법률을 제정하고 문자를 창제하는 등 체계적인 지세 체제를 갖추고 명나라에 맞서 세력을 확장하고 있다.

조선으로서는 명나라의 파병 요청에 응하긴 했지만 강대해진 후금의 눈치도 볼 수밖에 없는 상황이다. 강홍립의 파병과 투항은 이러한 국제 정세 속에서 살아남기 위한 조선의 고육책이자 실리 외교라고 할 수 있다.

슬픈 인연은
그리움을 더하고

최척은 아들과 함께 조선 땅으로 들어와 남쪽을 향해 걸음을 재촉했다. 이십 년 만에 밟아 보는 고국 땅이었다. 고향에 계신 아버지를 어서 만나고 싶은 마음에 최척은 부지런히 걸었다. 그런데 너무 무리한 나머지, 등에 종기가 나고 말았다. 쉬지 않고 걷느라 땀이 그치지 않았고 종기는 시간이 흐를수록 커져만 갔다. 충청남도 은진에 이르자 종기가 잔뜩 성이 나, 최척은 더 이상 걸을 수 없었다.

"아버지, 도저히 안 되겠어요. 이렇게 계속 걷다가는 위험하겠어요."

몽석은 아버지를 설득했고, 마침내 두 사람은 객사에 묵었다. 최척은 객사 방에 쓰러져 꼼짝을 할 수 없었다. 밤새 신음 소리를 뱉어 내고 온몸에는 열이 펄펄 끓었다. 금방이라도 숨이 넘어갈 것 같았다.

몽석은 놀라 마을 곳곳을 돌아다니며 의원을 찾았다. 그렇지만 작

은 마을이라 의원은 고사하고 약을 구할 수도 없었다. 낙심한 몽석이
객사로 돌아와 한숨을 쉬고 있는데, 함께 묵고 있던 한 사내가 이 모
습을 보고 물었다.

"무슨 걱정이 있소?"

몽석이 힐끗 보니 선량한 사람 같았다.

"아버지 등에 종기가 나 걱정입니다."

그 말을 들은 사내가 걱정스러운 눈빛으로 말했다.

"내가 의술을 좀 압니다. 한번 볼 수 있을까요?"

말투도 어눌한 데다 떠돌이 사내라 그리 믿음직스럽지는 않았지만,
몽석은 물에 빠진 사람 지푸라기라도 잡는 심정으로 아버지를 살펴보
게 했다. 방에 들어가 최척의 종기를 본 사내가 깜짝 놀라 탄식했다.

● 은진(恩津) 지금의 충청남도 논산 근처.
● 객사(客舍) 나그네를 묵게 하는 집.

"이런, 큰일 날 뻔했소. 이대로 오늘을 넘기면 내일은 목숨을 보장할 수 없겠소."

사내는 주머니에서 침통을 꺼내더니 침을 하나 집어 들고 종기 깊숙이 찔러 넣었다. 최척의 몸에서 피고름이 터져 나오자 사내는 정성껏 종기를 짜냈다. 땀을 뻘뻘 흘리며 치료를 마친 뒤 그가 비로소 긴 한숨을 내쉬었다.

"이제 목숨에는 지장이 없을 거요."

정말 그의 말대로 종기는 이틀 만에 다 아물었다.

"정말 고맙습니다. 이 은혜 잊지 않겠습니다."

몽석이 완쾌된 아버지를 보며 기뻐 사내에게 거듭거듭 인사했다.

"은혜는요, 그저 작은 재주일 뿐인데요."

사내가 별일 아니라는 듯 씩 웃었다.

"어르신은 어디로 가시는 길인지요?"

몽석이 묻자 그는 잠시 망설이다가 대답했다.

"그저 떠도는 신세입니다. 실은 저는 명나라 사람이지요. 어쩌다 조선 땅에 들어와 이렇게 떠돌고 있답니다."

병석에서 일어난 최척이 그 말을 듣고 반색했다.

"아, 그러시군요. 저희는 명나라에서 지금 돌아오는 길입니다. 특별한 목적지가 없다면 저희와 함께 가시면 어떨까요? 제 고향 집이 여기서 그리 멀지 않은 남원입니다."

"그래도 폐가 되지 않을까요?"

사내가 망설이자 최척이 얼른 손을 잡으며 말했다.

"폐라니요. 목숨의 은인이신데, 부디 저희와 함께 가 주십시오."

최척이 거듭거듭 부탁하자 사내가 함께 가기로 마음을 정했다. 세 사람은 며칠을 더 걸어 마침내 고향 집에 도착했다.

최척과 몽석이 살아 돌아오자 집안사람들은 모두 놀라 어쩔 줄을 몰라 했다.

"네가 정말 살아 있었더냐?"

아버지 최숙은 최척을 끌어안고 울음을 터뜨렸다. 그는 죽은 사람이 살아 돌아온 듯 아들의 얼굴을 자꾸만 쓸어 보았다.

"아이고, 몽석아. 그래 몸은 성한 거냐? 이게 꿈은 아니겠지?"

최척의 장모 심 씨도 몽석을 안고 기뻐했다. 심 씨는 딸을 잃고 난 뒤로는 몽석만 의지하고 살아왔다. 그러던 중 몽석마저 전쟁터에 나가 소식조차 없자 이부자리에 누워 몇 달 동안 일어나지 못했다. 죽은 줄로만 알았던 몽석이가 역시 죽은 사람이라고 생각한 사위와 함께 돌아오자 심 씨는 놀라고 기뻐 가슴이 터질 것 같았다.

한동안 서로 안부를 묻고 기쁨을 나눈 끝에 심 씨가 다시 눈물을 지으며 최척에게 물었다.

"자네 처의 소식은 들었나?"

"네, 어머님. 몽석이 어미는 지금 명나라 땅에 살아 있습니다."

그 말을 들은 심 씨가 놀라 잠시 혼절했다가 깨어났다.

최척은 옥영을 다시 만난 일과 명나라에서 함께 살며 둘째를 낳고, 며느리를 본 사정까지 세세하게 털어놓았다. 소식을 들은 가족들은 모두 기뻐했다.

"그래, 언제나 딸과 손주가 돌아올 수 있으려나?"

심 씨가 그리움이 가득한 눈빛으로 말했다. 최척도 아련한 눈빛이 되어 먼 하늘을 바라보았다. 어떻게 해서든 아내와 아들을 조선으로 데려오고 싶지만 뾰족한 방법이 떠오르지 않았다.

가족들과 회포를 푼 최척은 밤이 되자 자신의 목숨을 살려 준 의원과 비로소 방 안에 단둘이 마주앉아 이런저런 이야기를 나누었다.

의원은 최척이 가족들과 만나는 것을 보고 눈물지으며 마치 제 일처럼 감동했다. 의원에게 필경 무슨 사연이 있을 것이라고 생각한 최척은 내력을 알아보려 물었다.

"이거 참, 의원님. 이렇게 제 일에만 빠져 그만 의원님을 잊고 있었군요. 목숨을 살려 주신 분인데, 예의가 아닙니다.”

최척이 사과하자 의원은 빙그레 웃으며 말했다.

“허허, 가족들과 만나시는 것을 보니, 저도 얼른 고향으로 돌아가고 싶군요.”

“아, 그러시겠지요. 의원께서는 명나라에서 오셨다고 했지요? 집은 어느 쪽이신가요? 저도 오랫동안 명나라에서 살았기 때문에 몇몇 곳을 가 보았습니다.”

“그러시군요. 저는 원래 항주 용금문 안에 살았지요.”

의원의 말에 최척이 깜짝 놀라 한무릎 다가서서 눈을 커다랗게 뜨고 물었다.

“항주요? 허허, 저도 오랫동안 항주에서 살았답니다. 그런데 어쩌다가 조선 땅까지 오셨는지요?”

최척의 질문에 의원이 잠시 눈을 감고 회상에 잠기더니 천천히 입을 열었다.

“만력 25년(1579)에 유제독(劉提督)을 따라 조선에 파병되어 전라남도 순천(順天)에 진을 쳤습니다. 하루는 적진의 형세를 정탐하다가 작전 문제로 유제독과 의견이 맞섰지요. 제독이 저를 죽이려고 하는 바람에 한밤중에 몰래 도망쳐 이리저리 떠돌았습니다.”

최척은 의원의 말에 안쓰러운 마음이 들었다. 고향을 떠나 낯선 땅

● 만력(萬曆) 중국 명나라 신종의 연호.

에서 살아야 하는 신세를 보니, 남의 나라에서 지내던 자신의 지난 모습이 떠올랐기 때문이다.

"그러셨군요. 얼마나 고생이 많으셨습니까? 이제는 저희 집에서 마음 편히 쉬십시오."

의원은 고마움에 눈시울을 붉혔다. 오랜 세월 이국땅을 떠돌며 이렇게 따스한 대접을 받아 본 적이 없었기에 더 감동이 컸다.

"이거, 말씀만이라도 고맙습니다."

"그런데 참, 의원님 성함도 모르고 있었군요. 하도 많은 일을 한꺼번에 겪다 보니 결례가 컸습니다. 성함이 어떻게 되시는지요?"

그제야 최척은 의원의 이름을 물었다.

"떠돌다 보니 저도 이름조차 입에 올릴 일이 없었답니다. 성은 진이고 이름은 위경이라고 합니다."

그 말에 최척은 깜짝 놀라 눈을 크게 뜨고 의원을 뚫어져라 쳐다보았다. 영문을 모르는 의원은 그 눈빛이 낯설어 잠시 고개를 틀었다가 다시 최척을 바라보았다.

"정말 성함이 진위경이란 말이지요? 혹시 가족은 몇이나 됩니까?"

"아내하고, 출정할 당시에 막 낳은 딸이 하나 있답니다. 그때 두서너 달이나 되었을까?"

의원이 그리운 듯 눈을 잠시 감았다가 떴다.

"딸의 이름이 뭔가요?"

최척이 다급하게 물었다.

"딸아이가 태어났을 때 마침 이웃집에서 잘 익은 붉은 복숭아를 가져왔어요. 그래서 아이 이름을 홍도라고 지었지요."

최척이 그 말을 듣자마자 다가가 의원의 손을 덥석 잡았다.

"세상에, 어떻게 이런 일이……."

최척이 말을 잇지 못하고 의원의 손만 잡아 흔들었다.

"대체 무슨 일이신지?"

멀뚱히 바라보는 의원의 손을 더 세게 흔들며 최척이 흥분해 목소리를 높였다.

"정말 기이한 일입니다. 제가 항주에서 댁의 바로 이웃에 살았습니다. 부인께서는 신해년(1611) 9월에 병으로 돌아가셨다고 들었습니다. 혼자 남은 딸은 이모부인 오봉림(吳鳳林)이라는 사람 집에서 살았는데, 바로 우리 둘째 녀석과 혼인을 했답니다. 그러니 의원님과 나는 사돈인 셈입니다. 참으로 기이한 인연이군요."

최척의 말에 위경은 놀라 잠시 정신을 잃고 아득해 있다가 비로소 울음을 터뜨렸다.

"어이히히, 억. 어떻게 이런 일이……."

울다가 웃다가 하며 정신이 나간 것 같던 위경이 눈물을 닦고 최척의 손을 마주 잡았다.

"정말 기이한 인연입니다. 이렇게 사돈을 만나다니요. 제가 사돈의 종기를 치료한 것도, 사돈이 저를 집으로 데리고 온 것도 다 하늘이 베푼 일인 것 같습니다."

"며느리 홍도가 자나 깨나 아버지 걱정을 하더니, 그 효성이 이렇게 우리를 만나게 했나 봅니다. 그래, 그동안 얼마나 고생이 많으셨

습니까?"

딸 이야기에 또 눈물이 글썽글썽해진 위경이 살아온 이야기를 떠듬
떠듬 털어놓았다.

"명나라 진지를 빠져나온 후 조선 팔도를 떠돌았답니다. 구걸하다시
피 돌아다니며 살다가 대구(大邱)에 있는 박 씨라는 사람 집에서 살게
됐지요. 그곳에 침을 제법 놓을 줄 아는 노파가 있었는데 그에게 침
술을 배워 생계를 꾸려 왔습니다. 이렇게 사돈의 말을 들으니 제 몸이
마치 고향으로 돌아가 있는 것 같군요. 근심 걱정이 눈 녹듯 녹아내리
는 것 같습니다."

두 사람은 이런저런 이야기를 나누며 밤을 꼬박 밝혔다.

이튿날 아침, 아버지에게서 자초지종을 들은 몽석이 정식으로 위경
에게 인사를 드리고 말했다.

"사돈어른께서 아버지 목숨을 살려 주신 은혜는 자식인 제 목숨을
바쳐서도 갚기 힘들 만큼 큽니다. 게다가 제 어머니와 동생까지도 따
님에게 의탁하고 있으니 이야말로 저희 집안의 은인이십니다. 이제 한
가족인데 무엇 때문에 남의 집에 살 필요가 있겠습니까? 당장 저희 집
으로 옮겨 오십시오."

몽석의 말에 위경이 잠시 망설였다.

"허허, 그래도 사돈댁이라 서로 불편할 텐데……."

사양하는 위경에게 몽석이 다시 말했다.

"아닙니다. 제 아우의 장인어르신이면 한 가족입니다. 자기 가족을
불편해 하는 사람이 어디 있겠습니까?"

몽석이 나서서 대구의 짐을 정리해 오고 위경이 지낼 방을 마련하자 그날부터 위경은 최척의 집에 함께 살았다.

어머니가 살아 계시다는 말을 듣고 난 뒤부터 몽석은 자나 깨나 가족들을 데려올 방법에 골몰했다. 그러나 머나먼 타국 땅, 사람의 발길조차 닿기 힘든 바다 건너라 어쩌지를 못하고 날마다 울음으로 밤을 지새웠다.

아침에 도착해 저녁에 죽는다 해도

한편, 항주에 있던 옥영은 인편을 통해 오랑캐를 정벌하러 떠난 명나라 군사들이 싸움에 져 모두 죽었다는 소식을 들었다. 남편도 당연히 세상을 떠났을 거라고 짐작한 옥영은 밤낮을 통곡했다. 그 울음소리가 얼마나 구슬픈지, 이웃 사람들조차 눈물을 흘릴 정도였다. 옥영은 그날 이후로 어떤 음식도 먹지 않았다. 마치 남편을 따라 죽으려고 각오한 것 같았다.

어느 날 밤이었다. 이미 기력이 소진해 정신이 오락가락하던 옥영은 설핏 잠이 들었다. 그런데 비몽사몽간에 장육존상이 나타나 옥영을 어루만지며 말했다.

"죽지 말거라. 훗날 반드시 좋은 일이 생길 것이다."

번쩍 정신이 든 옥영은 이것이 틀림없는 계시라고 생각했다. 첫째

몽석을 낳을 때도, 둘째 몽선을 낳을 때도 나타난 부처님이고, 그때마다 한 말씀이 한 치도 틀리지 않았기 때문이다. 이번 꿈도 거짓일 리가 없다고 믿은 옥영은 몽선과 홍도를 불렀다.

옥영이 잠시 숨을 고르고 몽선에게 말했다.

"방금 부처님 꿈을 꾸었단다. 참고 견디면 좋은 일이 있을 거라는 계시였다. 왜구에게 포로로 잡혀 물에 빠져 죽으려 했을 때도 꿈에 부처님이 나타나 훗날 좋은 일이 있을 것이라고 하셨지. 정말 사 년 뒤에 안남의 포구에서 네 아버지를 다시 만났단다. 그런데 또 부처님 꿈을 꾸었으니 분명 네 아버지가 죽지 않고 살아 계신 것 같구나. 네 아버지만 살아 계시다면 내게 무슨 한이 있겠니?"

어머니의 말에 몽선이 눈물을 글썽였다.

"네, 어머니. 제가 듣기로 오랑캐 장수가 명나라 병사들은 다 죽였지만 조선 병사들은 모두 돌려보냈대요. 아버지는 본래 조선 사람이니 비록 명나라 부대에 있었다고 해도 죽지 않고 살아나셨을 거예요. 꿈에 부처님이 하신 말씀이 맞을 거예요. 어머님도 이제 기력을 차리셔서 우리 함께 아버지께서 돌아오실 날을 기다려 봐요."

아들의 말에 옥영이 고개를 가로저었다.

"아니다, 그냥 앉아서 기다리고 있을 수만은 없어. 네 아버지가 오랑캐와 싸운 곳에서 조선 땅까지는 겨우 사오 일밖에 걸리지 않는 거

● 인편(人便) 오거나 가는 사람의 편.

리란다. 네 아버지라면 십중팔구 조선으로 가셨을 거야. 어떻게 수만 리나 떨어진 이곳으로 돌아올 수가 있겠니? 조선 땅으로 피하는 것이 오히려 쉽지 않았겠니? 내가 조선으로 돌아가 네 아버지를 찾는 것이 좋을 것 같구나.

만약 세상을 떠나셨다면 국경 지역을 떠도는 영혼이라도 불러 선영에 제사를 지내는 것이 도리가 아니겠니? 그래야 사막 밖을 떠도는 영혼을 위로할 수 있을 거야. '월나라 새는 남쪽 가지에 둥지를 짓고, 오랑캐 말은 북쪽을 향해 몸을 기댄다.'라는 말도 있지 않니. 나도 고향이 그리워 더는 남의 땅에서 살고 싶지 않구나. 혼자가 되신 시아버지와 내 어머니, 큰아들마저 왜적에게 쫓겨 생사조차 모르는데, 이제 남편 소식도 알 수 없게 됐으니 무턱대고 기다릴 수만은 없어.

조선 상인들이 전하는 말로는, 오랑캐 장수가 조선 군사를 잇달아 풀어 주고 있다더구나. 이게 사실이라면 조선 사람들은 모두 조선 땅으로 돌아갔을 것이다. 만약 네 아버지와 할아버지께서 이역만리에서 돌아가셨다면 조상들의 묘소는 누가 돌보겠느냐? 우리라도 가서 조상님을 돌봐야 하지 않겠니? 아무리 전쟁이 휩쓸고 지나갔다고 해도 그 많던 친척이 모두 죽었을 리는 없을 게다. 그중 몇몇은 살아남아 다시 고향으로 돌아오지 않았겠니? 가서 만나 의지하면서 사는 것이 좋을 것 같다.

이제부터 배를 사고 먹을거리를 준비하려무나. 여기서 조선까지 배로 간다면 기껏 이삼천 리 밖에 안 된다. 만약 하늘이 돌보아 순풍을 만난다면 열흘 남짓이면 조선의 바닷가에 닿을 수 있을 거야. 반드시 조선으로 돌아가고 말 것이다."

옥영의 굳은 결심을 듣고 난 몽선이 눈물을 흘리며 만류했다.

"어머니, 왜 그런 말씀을 하세요? 요행히 살아서 조선에 도착한다면 그보다 좋을 수는 없겠지요. 하지만 그 넓고 깊은 바다를 갈대 같은 작은 배로 건널 수가 있겠어요? 모진 바람이나 드센 파도, 속을 알 수 없는 바다의 거대한 용이라도 만나면 어쩌겠어요? 잘못하다 해적에게 목숨을 잃을 수도 있습니다.

제게는 아버지께서 돌아가신 것보다 어머니께서 물고기 밥이 되어 목숨을 잃는 것이 더 큰 슬픔일 것입니다. 겁이 나서 그러는 것이 아니에요. 비록 어리석은 자식이지만 이런 위험한 일에 어머님을 나서게 할 수는 없습니다."

가만히 듣고만 있던 홍도가 몽선을 바라보며 입을 열었다.

"여보, 어머님의 뜻을 무조건 막으려고만 하지 마세요. 이미 어머님의 마음속에 굳은 계획이 선 것 같은데 사소한 이유를 들어 걱정부터 앞세울 필요는 없잖아요. 폭풍우나 도적을 만난다고 해도 어떻게든 살아날 방법이 있지 않겠어요? 그런 어려움이 가족을 만나는 큰일보다 앞서는 건 아니잖아요."

홍도의 말에 힘이 난 옥영이 다시 단호하게 아들에게 말했다.

"그래, 네 말대로 바닷길이 몹시 험하고 고생스럽겠지. 하지만 나는

● 선영(先塋) 조상의 무덤.

이미 여러 차례 바닷길을 오고 간 적이 있단다. 예전에 왜국에 있을 때는 봄철이면 배를 타고 명나라 민광까지 장사를 떠난 적도 있었지. 또 가을에는 유구국까지 오고 가며 물건을 팔았단다.

고래만 한 파도가 출렁거려도 조수의 흐름만 잘 살피면 얼마든지 배를 타고 갈 수가 있어. 아무리 거센 바람이 불고 모진 파도가 쳐도, 가는 길의 험난함과 평탄함을 내가 다 맡아 알아서 할 것이다. 위험이 닥친다고 해도 그때그때 맞춰 벗어날 길이 있을 것이니 걱정 말고 떠날 준비를 해라."

어머니의 단호하고 굳은 결심에 몽선도 어쩔 수 없이 길 떠날 준비를 시작했다. 몽선이 배와 먹을 것을 마련하는 동안, 옥영은 조선과 왜국의 옷을 인원 수만큼 지었다.

홍도에게는 조선말과 왜국 말도 가르쳤다. 혹시 표류하면서 벌어질 수 있는 상황을 미리 준비한 것이다. 그런 뒤 옥영은 몽선을 불러 신신당부했다.

"바닷길을 오갈 때 가장 중요한 것이 돛대와 노이다. 이 둘을 반드시 철저하게 준비하고, 찢어지거나 부러지지 않도록 잘 깁고 단단하게 깎아야 한다. 그리고 꼭 준비할 것이 하나 더 있다."

몽선은 어머니가 하나하나 당부할 때마다 고개를 끄덕이다가 물었다.

"그게 무엇인가요?"

"지남석이다. 지남석이 없으면 방향을 잡을 수가 없으니 반드시 가장 좋은 것으로 준비하도록 해라."

몽선이 이해가 된다는 듯, 고개를 크게 끄덕였다. 그 모습을 본 옥영도 비로소 안심이 되는지 빙그레 웃으며 한마디 덧붙였다.

"출발 날짜는 내가 점을 쳐서 길일로 잡아 보마. 당부한 것 하나라도 잊지 말거라."

어머니의 웃음에 몽선도 안심이 되어 마주 웃으며 대답했다.

"걱정 마세요. 어머니 말씀대로 하나도 빠지지 않게 준비할게요."

그러나 몽선의 마음 한편에는 걱정이 지워지지 않았다. 그날 밤, 아내와 마주 앉은 몽선이 볼멘소리를 했다.

"이게 다 당신 때문에 벌어진 일이오. 어머니께서 저렇게 부득부득 길을 떠나겠다고 우기시니 자식 된 도리로 반대할 수만은 없었소. 하지만 저러다 험한 바닷길에서 돌아가실지도 모르는 일 아니오. 이미 돌아가셨을 아버지를 찾아 무모한 모험을 감행하시겠다는데, 며느리인 당신이 막지는 못할망정 도리어 앞장서 찬성을 하다니, 이게 될 말이오? 혼자 남은 어머니께 살기 좋고 나쁜 땅이 어디 있겠소? 그냥 이곳에서 사셔도 될 텐데 굳이 돌아가시겠다니, 참."

몽선의 불평 섞인 말에 홍도가 정색을 하고 말했다.

"어머님께서 정성을 다해 계획을 세우셨는데, 그것을 나서서 막는 것은 자식으로서 할 일이 아니에요. 만약 지금 나서서 말린다고 해도

- 민광(閩廣) 중국 복건성 부근의 지명.
- 유구국(琉球國) 일본 오키나와에서 대만 사이에 있던 섬나라.
- 조수(潮水) 달, 태양 따위의 인력에 의해 주기적으로 높아졌다 낮아졌다 하는 바닷물.
- 지남석(指南石) 나침반.
- 길일(吉日) 운이 좋거나 상서로운 날.

어머니께서는 기필코 다시 계획을 세우실 것이 분명합니다. 그때 가서 또 말릴 수 있겠어요? 차라리 지금 어머님의 계획에 따라 철저히 준비를 하는 게 낫지 않겠어요?

조선 땅으로 가는 것은 저의 소원이기도 해요. 제가 태어난 지 겨우 몇 달 만에 아버지께서 전쟁터로 끌려 나가 조선 땅에서 생사조차 모르게 되셨어요. 만약 돌아가셨다면 낯선 땅에서 혼백이 떠돌고, 백골은 들풀에 얽혀 있을 거예요. 아버지를 그렇게 버려둔다면 제가 어떻

게 자식으로 얼굴을 들고 하늘을 볼 수 있겠어요?

요즘 들으니 싸움에서 패한 병사들 중에 조선 땅에서 떠도는 사람도 많다는군요. 자식 된 도리로, 우리 아버지도 그렇게 떠돌고 계시지 않을까 하는 마음이 저절로 생기네요.

당신과 함께 조선 땅에 도착한다면, 아버지 발길이 닿은 전쟁터라도 이리저리 걸어 보고 싶어요. 그러면 아버지를 잃고 홀로 살아온 제 원통함이 조금이나마 가실 것 같아요. 아침에 조선 땅에 도착해서 저녁에 죽는다고 해도 더는 원이 없겠어요."

말을 마친 홍도가 목이 메어 울음을 터뜨렸다. 홍도의 눈에서는 하염없이 눈물이 흘러내렸다.

그제야 몽선은 어머니와 아내의 뜻을 결코 꺾을 수 없음을 마음 깊이 깨닫고 길 떠날 준비를 단단히 했다.

전쟁 속에서 피어난 이야기꽃

역사상 가장 많은 사람을 고통에 빠뜨려 온 사건이 바로 전쟁입니다. 전쟁은 국가뿐만 아니라 개개인에게 피해를 주는 재난이지요. 전쟁을 통해 수많은 죽음과 맞닥뜨리면서 사람들은 '인간이란 어떤 존재인가?' 하는 본질적인 질문을 던질 수밖에 없습니다. 이런 이유로 전쟁은 수많은 문학 작품의 배경이 되고, 영화의 소재가 되기도 합니다. 《최척전》도 임진왜란이라는 전쟁을 배경으로 하고 있습니다. 이처럼 전쟁을 배경으로 주인공의 영웅적인 활약을 그려 낸 고전 소설을 군담 소설이라고 합니다.

군담 소설의 종류

창작 군담 소설

실제로 일어난 전쟁을 배경으로 하되 인물이나 사건을 허구로 지어낸 소설. 지은이나 쓴 시기가 밝혀지지 않은 경우가 많습니다. 대체로 중국을 배경으로 하며 명문대가 출신의 주인공이 고난을 겪으며 성장해 나라를 위기에서 구한다는 내용으로, 영웅의 활약상을 담고 있습니다.

《소대성전》, 《유충렬전》, 《조웅전》, 《홍계월전》 등

역사 군담 소설

주로 임진왜란과 병자호란을 배경으로 쓰인 작품들로 인물과 사건이 역사적 사실에 뿌리를 두고 있다는 점에서 창작 군담 소설과 다릅니다. 외적의 침입에 맞서 싸워 민족의 자존심을 지키는 인물에 대한 이야기가 중심이며, 집권층에 대한 비판을 담고 있는 경우도 많습니다.

《임진록》, 《임경업전》, 《박씨전》, 《최척전》 등

번역 군담 소설

중국의 연의 소설(역사적 사실을 바탕으로 하되, 허구적인 내용을 덧붙여 흥미 위주로 쓴, 중국의 통속 소설) 중에서 군사적 이야기를 다룬 부분을 따로 떼어 출간한 소설들. 주로 《삼국지연의》에서 뽑은 것들이 많다.

《삼국대전》, 《적벽대전》, 《조자룡전》, 《설인귀전》 등

《최척전》과 다른 역사 군담 소설의 차이

《최척전》	《임진록》, 《박씨전》, 《임경업전》
평범한 인물이 주인공임	민족의 영웅이 주인공임
전쟁의 고통을 사실적으로 그림	전쟁에 맞서는 영웅의 활약을 중심으로 그림
적강화소(謫降話素, 신선이 인간 세상으로 내려오거나 사람으로 태어나는 이야깃거리)가 없음	적강화소가 있음
내용과 사건의 전개가 사실적임	비현실적인 내용이 존재함

《최척전》은 군담 소설이다. 보통 전쟁을 다룬 소설을 군담 소설이라고 하는데 《최척전》은 《임진록》이나 《박씨전》 같은 다른 군담 소설들에 비해 현실을 잘 반영하고 있다는 데 차이가 있다. 여느 군담 소설들이 영웅적인 인물을 주인공으로 내세우는 데 반해 《최척전》은 평범한 사람을 주인공으로 하고 있다. 그런 이유 때문인지 군담 소설의 또 다른 매력을 느낄 수 있었다.

최척과 옥영의 행적을 읽으면서, 이스라엘과 얼굴을 맞대고 살아가고 있는 팔레스타인 난민들의 모습이 함께 떠올랐다. 팔레스타인 난민이 겪는 전쟁의 아픔과 상처가 최척과 옥영 가족이 겪은 임진왜란, 병자호란 같은 전쟁과 별반 다르지 않다는 것을 짐작할 수 있었기 때문이다. 그만큼 《최척전》은 사실적이고 실감 나는 소설이며, 우리가 사는 현재의 모습과도 연관 지어 볼 수 있는 작품이었다.

전쟁, 그리고 전쟁으로 고통을 겪은 사람들. 우리 고전 소설에도 이렇게 전쟁의 비극을 잘 묘사한 작품이 있었다니! 예나 지금이나 훌륭한 문학 작품은 끈질긴 생명력을 가지고 우리에게 감동을 주고, 삶을 일깨워 주나 보다. 최척과 옥영이 동아시아를 전전하는 모습을 보면서, 이 소설이 창작된 조선 시대에도 중국뿐만 아니라 일본, 베트남과 같은 다른 나라들에 대한 인식의 폭이 매우 넓었음을 알 수 있는 좋은 계기가 되었다.

경동고등학교 2학년 최진형

바다 건너 풀린 인연의 실타래

경신년(1620) 2월 초하루에 옥영은 가족들과 함께 배를 타고 서해 바다로 나섰다. 옥영은 아들에게 신신당부를 했다.

"지금 우리가 있는 곳에서 조선은 동북쪽이니 서남풍을 타야 쉽게 갈 수가 있단다. 노를 단단히 잡고 내 지시를 잘 따르도록 해라."

깃발을 높이 매달고 자석을 배 가운데에 설치하는 등 모든 준비가 갖추어졌다. 준비가 끝나자 돌고래가 바다에서 헤엄을 치며 오고 갔다. 깃발도 바람에 살랑살랑 나부끼는 것이, 서남풍이었다. 출발하기에 적당한 시간이 되었다고 판단한 옥영이 명령을 내렸다.

"지금이다. 출발!"

옥영과 몽선, 홍도 세 사람은 힘을 모아 돛을 올렸다. 배는 바람을 타고 빠르게 바다를 건너기 시작했다. 화살처럼 휙휙 파도를 가르며

번개처럼 움직였다.

거칠 것 없이 항해를 해 열흘 만에 배가 내주에 이르렀다. 내주에서 반나절쯤 더 나아가니 망망대해에 점점이 늘어선 작은 섬들이 바다에 잠겨 있는 것처럼 멀리 보였다. 배가 어찌나 빠르게 움직이는지 눈 깜짝할 사이에 그 모습이 눈앞에서 사라졌다. 그렇게 며칠을 항해했을까? 배 안에서는 날짜가 지나가는 것도, 시간이 흐르는 것도 제대로 느껴지지 않았다.

그러던 어느 날, 명나라로 돌아가는 배가 멀리서 다가오더니 물었다.

"어느 지방 배인가?"

옥영이 얼른 나서서 명나라 말로 대답했다.

"항주 사람입니다."

"어디로 가는 길인가?"

옥영이 막힘없이 대답했다.

"산동(山東)으로 가는 중입니다."

그 말에 아무 의심도 하지 않고 배는 지나가 버렸다.

며칠이 또 지났다. 멀리서 또 한 척의 배가 나타났다. 옥영이 자세히 보니 왜국의 배였다. 옥영은 얼른 왜국 옷으로 갈아입고 뱃전에 나와 그들이 다가오기를 기다렸다. 가까이 다가온 뱃사람들이 물었다.

"어디서 오는 배요?"

● 내주(萊州) 중국 산동성 지역에 있는 지명.

옥영이 얼른 왜국 말로 대답했다.

"고기를 잡으러 나왔다가 그만 풍랑 때문에 길을 잃고 떠돌다가 배와 노를 잃어버렸지요. 다행히 가까이 있는 명나라 항주에서 새로 배를 구해 돌아가는 중입니다."

옥영의 유창한 왜국 말에 그들은 아무 의심도 하지 않았다.

"거 참 고생 많았겠소. 이쪽은 조선 땅으로 가는 길이지 왜국으로 가는 항로가 아니오. 남쪽으로 내려가야 돌아갈 수 있을 거요."

뱃사람들은 친절하게 안내를 해 주고 사라졌다. 그들의 말로 미루어 보면 제대로 길을 잡은 것이 확실했다. 이제 이 길을 따라 곧장 가기만 하면 조선 땅에 이를 것이라는 생각에 옥영은 가슴이 뛰었다.

그날 저녁이었다. 갑자기 마파람이 심하게 불기 시작했다. 푸른 너울이 하늘 끝까지 솟구쳐 오르고 구름과 안개가 자욱하게 피어올라 어디가 어디인지 지척을 분간할 수 없었다. 거센 바람에 노는 부러지고 돛은 찢어졌다. 가까운 섬에라도 배를 대야 살아날 수 있을 것 같았지만 도무지 사방을 찾을 수가 없었다.

꼼짝없이 바다에 빠져 죽을 수밖에 없겠다는 생각이 든 몽선과 홍도는 놀라고 두려워 배 바닥에 바짝 엎드려서는 괴로움에 어쩔 줄 몰라 했다. 배의 요동이 너무 심해 뱃멀미를 하느라 두 사람은 혼이 다 빠진 상태였다. 배를 타 본 경험이 많은 옥영도 어쩔 수 없는 지경에 이르렀다고 생각해 그저 조용히 앉아 염불을 외며 마지막 순간을 기다렸다.

파도는 잠시도 그칠 줄을 몰랐다. 작은 배는 금방이라도 바닷속으로 가라앉을 것처럼 요동을 쳤다. 그렇게 한밤중이 되자 비로소 파도가 잦아들기 시작했다. 세 사람 다 정신 줄을 놓고 있던 사이, 어느새 배가 물살에 실려 작은 섬에 닿았다.

그들이 정박한 섬에는 사람이 살지 않는 것 같았다. 배를 이리저리 살펴보니 부서지고 망가진 곳 천지였다.

"이곳에서 배를 수리하고 다시 길을 떠나자."

옥영은 가족과 함께 며칠 동안 배를 수리했다. 그러고 나서 다시 떠날 준비를 마친 날이었다. 멀리서 배 한 척이 다가오기 시작했다. 이마에 손을 대고 그 배를 유심히 바라보던 옥영이 몽선을 돌아보며 말했다.

"몽선아, 어서 배 안에 있는 중요한 것들은 저 바위 동굴에 감추자."

해적선이라고 생각한 옥영이 허둥지둥 물건들을 자루에 넣었다. 몽선과 홍도도 부지런히 움직였다. 몽선이 항해에 필요한 물건들과 음식 따위를 자루에 담아 동굴에 감추고 나자 배가 도착했다.

배에는 이상한 복장을 한 사람들이 여럿 타고 있었다. 그들은 시끄럽게 떠들면서 배에서 내렸다. 조선 사람도 왜국 사람도 아니었는데, 말투와 복장을 보니 명나라 사람들 같았다. 그들은 병장기는 아니지만 흰 몽둥이를 들고 옥영 일행을 때리기 시작했다.

"너희들이 배를 타고 온 걸 보니 분명 귀중한 물건들이 있을 것이다. 어서 배에 실은 물건들을 내놓아라."

● **마파람** 뱃사람들의 말로, 남풍(南風)을 이른다.
● **병장기**(兵仗器) 병사들이 쓰는 온갖 무기.

그들은 옥영을 협박하며 물건을 찾았다. 그러나 배나 바닷가 어디에서도 쓸 만한 물건을 찾지 못했다. 옥영은 무릎을 꿇고 싹싹 빌었다.

"제발 살려 주십시오. 저희는 명나라 항주 사람입니다. 고기 잡으러 바다에 나왔다가 풍랑 때문에 길을 잃고 여기까지 흘러왔을 뿐입니다. 물건을 싣고 장사 다니는 배가 아니어서 아무 물건도 없습니다. 목숨만 살려 주십시오."

옥영이 명나라 말로 울면서 살려 달라고 했다. 같은 명나라 사람인데다 가진 물건도 없음을 안 해적은 가족들을 살려 주었다. 하지만 옥영의 배를 빼앗아 자신들의 배에 묶어 끌고 가 버렸다. 그들이 바다 멀리 사라지자 옥영은 그제야 털썩 주저앉아 한숨을 섞어 말했다.

"저놈들은 분명 해적이다. 해적들은 명나라와 조선 사이의 섬에 숨어 살면서 재물을 빼앗되 사람을 죽이지는 않는다고 하더라. 우리를 살려 둔 걸 보니 해적이 틀림없다. 내가 몽선이 네 말을 듣지 않고 억지로 떠났다가 이런 꼴을 당하고 여기서 죽는구나.

하늘도 무심하시지. 이제 노도 잃고 배도 잃었으니 어떻게 조선으로 돌아갈 수 있겠느냐? 저 넓고 막막한 바다를 날아서 갈 수도 없고, 그렇다고 마른 소나무로 뗏목을 만들어 띄울 수도 없다. 대나무 잎사귀를 타고 건너갈 수도 없는 노릇이니, 이제는 죽을 수밖에 없구나. 나야 다 늙어서 지금 죽는다고 해도 아쉬울 것이 없다만 앞길이 구만리 같은 너희들을 어쩐단 말이냐?"

어머니의 말을 듣던 몽선과 홍도도 주저앉아 울음을 터뜨렸다. 세 사람의 울음소리는 바닷가에 울려 퍼지다 파도 소리에 묻혀 버렸다.

파도 소리와 울음소리가 겹겹이 쌓이며 마치 슬픈 거문고 가락이 울리는 것 같았고, 귀신이 얼굴을 찌푸렸다 폈다 하는 듯했다.

그러던 중에 한참을 울던 옥영이 갑자기 바닷가 절벽으로 올라가 떨어져 죽으려고 했다.

"어머니, 이러시면 안 돼요."

"어떻게든 이 섬을 벗어날 방법이 있을 거예요."

홍도와 몽선이 달려들어 어머니를 말렸다. 옥영이 몽선을 얼싸안고 울음을 터뜨렸다.

"애야, 이제 어떻게 하겠느냐? 자루에 감춰 둔 식량으로는 사나흘밖에 견딜 수 없는데, 나라도 죽어야 너희들이 더 살 수 있지 않겠느냐? 식량이 떨어지면 앉아서 죽기만 기다려야 할 텐데, 어쩌란 말이냐?"

낙담한 어머니를 위로하느라 몽선이 희망 섞인 말을 했다.

"어머니, 식량이 다 떨어져 할 수 없이 죽는다면 그야 어쩔 수 없지만 지레짐작으로 당장 목숨을 버려선 안 됩니다. 식량이 떨어지기 전에 혹 살길이 생길 수도 있고요."

몽선과 홍도는 어머니를 부축해 절벽에서 내려왔다. 세 사람은 그날 밤 동굴에서 묵었다. 잠을 청해 보았지만 파도 소리와 뒤숭숭한 생각 때문에 밤새도록 뜬눈으로 새다시피 했다.

다음 날 아침이었다. 날이 희끄무레하게 밝아 오자 옥영이 얼핏 든 잠에서 깨어나 몽선과 홍도에게 말했다.

"내가 기운이 다 빠져 맥을 놓고 있다가 잠깐 정신을 잃었다. 그러다 꿈을 꾸었는데 글쎄 또 부처님이 나타나시지 않았겠니."

어머니가 중요할 때마다 부처님 꿈을 꾼다는 것을 들어 왔던 몽선이 반색했다.

　　"부처님이 뭐라고 하셨는데요?"

　　"지난번 꿈에 나타나셨을 때와 같은 말씀을 하셨단다. '죽지 말거라. 훗날 반드시 좋은 일이 생길 것이다.'라고 말이다."

　　어머니의 이야기를 들은 몽선과 홍도는 얼른 무릎을 꿇었다. 세 사람은 서로 마주 보며 염불을 외고 빌었다.

　　"부처님, 저희를 보살펴 주십시오. 제발 이 섬에서 나가 조선 땅에 이르도록 도와주십시오."

　　세 사람은 남은 식량으로 근근이 버텨 나갔다.

　　이틀이 지났을 때였다. 먼 바다에 돛단배 한 척이 둥실둥실 떠 있는 것이 보였다. 자세히 바라보니 그 배는 점점 옥영네가 머무르고 있는 섬으로 다가오고 있는 것이 아닌가. 몽선이 깜짝 놀라 중얼거렸다.

　　"생전 처음 보는 생김새네. 이상하게 만든 배로군. 혹시 또 해적이

아닐까? 걱정이네."

　그 말을 듣고 먼 바다를 뚫어지게 바라보던 옥영이 기뻐 몽선의 팔을 잡아당기며 말했다.

　"아, 저거 조선 배로구나. 이제 우리는 살았다."

　얼른 동굴로 돌아간 옥영은 몽선 부부와 함께 조선 옷으로 갈아입었다. 동굴 밖으로 나온 몽선은 해안 높은 곳에 올라서서 흰 옷을 흔들었다. 이윽고 배가 해안에 다가오더니 멈춰 섰다. 배 안에서 한 사내가 옥영 일행을 향해 소리 질렀다.

　"댁들은 누구시기에 이런 외딴섬에 살고 있소?"

　옥영이 앞으로 나서며 조선말로 대답했다.

　"우리는 한양에 사는 사대부라오. 배를 타고 전라도 나주로 내려가다가 갑자기 풍랑을 만나 배가 뒤집히는 바람에 일행이 모두 죽고 우리 세 사람만 살아남았다오. 돛대 자루에 매달려 떠다니다가 이 섬에 도착했답니다."

뱃사람들은 옥영 일행을 불쌍하게 여겨 배에 태워 주었다. 옥영 일행이 배에 탄 뒤 한숨 돌리며 앉아 있는데 아까 이들을 불렀던 사내가 다가와 웃으며 설명을 했다.

"이 배는 삼도 수군통제사의 무역선입니다. 일정이 정해져 있어 바삐 가야 합니다. 적당한 곳에 내려 드리지요."

그의 말대로 배는 쉬지 않고 달려 얼마 후에 순천 항에 이르렀다. 바닷가에 도착하자마자 세 사람을 내려 준 배는 다시 바다로 떠났다. 옥영 일행이 조선 땅에 도착한 해는 경신년 4월이었다.

옥영은 아들, 며느리와 함께 죽을힘을 다해 길을 걸었다. 굽이굽이 휘어진 길을 걷고 산을 넘으며 물을 건넜다. 쉬지 않고 걸어 순천에서 떠난 지 대엿새 만에 남원 땅에 도착했다.

옥영은 고향 집이 예전에 쑥대밭이 되었을 것이라고 생각했다. 하지만 집터라도 한번 보고픈 마음에 고향 마을에 들렀다가 만복사에 가서 하룻밤을 묵을 생각이었다. 금교 옆에 도착해 바라보니, 성곽도 예전 그대로이고 마을의 집들도 다시 지어 멀쩡했다. 그 모습을 바라보던 옥영이 몽선에게 눈물을 글썽이며 집 한 채를 가리켰다.

"애야, 저기가 너희 아버지가 사시던 집이란다. 지금은 누가 살고 있을까? 이왕 날도 저물었으니 저 집에 가서 하룻밤 신세를 지자고 부탁이나 해 보자. 내일 일은 내일 생각하기로 하고."

옥영 일행이 고향 집 문 앞에 이르렀다. 마침 최척은 수양버들 늘어진 다리 아래에 나와 손님을 기다리고 있었다. 옥영은 남편인 줄도 모르고 가까이 가서 하룻밤 묵을 수 있을지 부탁하려고 했다. 그런데 자

세히 얼굴을 보니 바로 남편 최척이 아닌가. 깜짝 놀란 옥영이 말문을
미처 열지 못하고 더듬거렸다.

"다, 당신이……."

며칠 동안 걸어온지라 옥영의 겉모습이 워낙 형편없었기 때문에 최
척은 아내를 미처 알아보지 못했다. 그러다 상대의 말에 자세히 얼굴
을 보더니 부들부들 떨기 시작했다.

"여, 여보. 어떻게 여기까지 왔소?"

몽선과 홍도도 울음을 터뜨렸다.

"아버지!"

"아버님!"

세 식구를 끌어안고 통곡하던 최척이 집 안을 향해 소리를 질렀다.

"몽석 어미가 왔소!"

고함 소리가 기쁨에 넘쳐 마을 곳곳에 퍼질 정도였다. 몽석이 그 말
을 듣고 버선발로 뛰어나와 서로 붙잡고 울며 어쩔 줄을 몰라 했다.

"어머니!"

"몽석아!"

모자가 부둥켜안고 울음을 터뜨렸다. 집 안이 온통 울음바다가 되
어 한동안 소란스러웠다. 처음 만난 몽석과 몽선이 인사를 하고, 홍도

● **삼도 수군통제사**(三道水軍統制使) 임진왜란 때 경상도, 전라도, 충청도 세 도의 수군을 통솔하는 일을 맡
 아보던 무관 벼슬.
● **무역선**(貿易船) 다른 나라와 무역을 하기 위해 물건을 실어 나르는 배.

에게도 시아주버니를 인사시켰다. 집 안으로 들어가는 것도 잊은 다섯 사람은 한참 후에야 대문 안으로 들어섰다.

그때 옥영의 어머니 심 씨는 병에 걸려 자리보전을 하고 있었다. 방 안으로 들어선 옥영이 누워 있는 어머니에게 울면서 다가갔다. 최척도 웃으며 장모님께 알렸다.

"따님이 왔습니다."

그 말에 눈을 번쩍 뜬 심 씨가 옥영을 바라보다가 너무 놀라 기절을 했다. 깜짝 놀란 옥영이 어머니를 안고 물을 떠다 먹이니 한참 만에야 정신이 돌아왔다. 심 씨는 죽은 딸이 살아온 기쁨에 연신 옥영의 볼만 쓸며 눈물을 주르르 흘렸다. 곁에서 바라보던 최숙도 눈물을 연신 옷소매로 닦고 있었다.

마침 외출을 했던 위경이 돌아오자 최척이 함박웃음을 지으며 달려가 전했다.

"우리 집에 경사가 겹쳤소이다. 지금 따님이 왔답니다."

홍도가 얼른 아버지 앞으로 나서며 인사를 올렸다.

"아버지, 처음 인사 올립니다."

말을 하는 홍도의 눈가에 눈물이 펑펑 흘러내렸다.

"네가 정말 내 딸이로구나!"

위경도 눈물을 흘리며 딸을 부둥켜안고 통곡했다.

● **자리보전** 병이 들어서 자리를 깔고 몸져누운 것.

비로소 모두 만난 가족들은 둘러앉아 어떻게 된 사정인지 물었다. 옥영이 홍도에게 자초지종을 설명하도록 했다. 홍도는 그동안 겪은 이야기를 세세하게 털어놓았다. 이야기를 들은 집안사람들이 또 서로를 부둥켜안고 눈물을 흘리며 울었다. 집 안에 눈물이 마를 새가 없었다.

그 울음소리가 이웃에까지 들려 무슨 일인가 궁금해진 이웃들이 몰려들었다. 이번에는 옥영과 홍도가 번갈아 이야기를 들려주자 모두들 손뼉을 치기도 하고 눈물을 훔쳐 내기도 하며 감탄했다. 소문은 사람들 입을 통해 여기저기로 퍼졌다.

행복한 만남을 이룬 최척이 어느 날 옥영에게 말했다.

"우리가 오늘 이렇게 다시 만나 끊어진 인연을 이을 수 있었던 것은 다 만복사 부처님의 보살핌 덕분이오. 그런데 만복사 금불이 훼손되었다는 이야기를 들었소. 이제는 가서 기도드릴 부처님도 없어졌소. 허나 비록 형체는 없어도 영험하신 부처님이 하늘에 계시니 가여운 사람들이 믿고 기도하는 것이겠지요. 우리를 보살펴 주신 만복사 부처님께 어떻게든 은혜를 갚아야 할 것 같소."

최척의 말에 옥영도 같은 뜻이라며 고개를 끄덕였다.

얼마 뒤 최척과 옥영은 재물을 갖춰 폐허가 된 절에 찾아갔다. 부처님께 정성을 다해 기도하자 두 사람의 마음은 마치 새로 태어난 것처럼 맑고 정결해졌다.

최척과 옥영은 아버지와 장모님께 효도를 극진히 했고, 자식과 며느리를 잘 보살피며 남원 고을에서 편안하게 살았다.

아! 아버지와 아들, 남편과 아내, 시부모와 형제가 네 나라로 흩어져 서로 만나지 못하고 덧없이 바라보기만 한 것이 세 차례였다. 그들은 적지에서도 온갖 어려움을 이겨 내며 벗어날 길을 찾았고, 사지에도 거듭 드나들며 견뎌 마침내 모두 모여 뜻을 이루며 살아갈 수 있었다.

이것이 어떻게 사람의 힘만으로 가능한 일이겠는가? 하늘과 땅의 신들이 모두 그들의 지극한 정성에 감동해 도왔기에 기이하고 특별한 일이 일어났으리라. 여염집 아낙네들도 정성을 쏟는다면 하늘이 그에 감복해 도와주실 것이다. 정성이란 이처럼 누구도 막을 수 없는 것임에 틀림없다.

내가 세상을 떠돌다 남원 땅 주포에 머무른 적이 있었다. 그때 최척이 나를 찾아와 이 이야기를 들려주었다. 그는 내게 이야기의 앞뒤를 잘 맞춰 기록해 세상에서 흔적 없이 사라지지 않게 해 달라고 부탁했다. 내가 그의 뜻을 거스를 수 없어 이렇게 대충 기록해 보았다.

천계 원년 윤이월 조위한이 쓰다.

- **적지(敵地)** 적이 점령하거나 차지하고 있는 땅.
- **사지(死地)** 죽을 지경의 매우 위험하고 위태한 곳.
- **여염집** 일반 백성의 살림집.
- **주포** 지금의 전라남도 남원시 주생면.
- **천계(天啓)** 명나라 희종의 연호.
- **원년(元年)** 희종 첫해인 1621년.
- **윤이월(閏二月)** 윤달인 2월을 이르는 말.
- **조위한(趙緯韓)** 조선 중기의 문신으로 임진왜란, 병자호란 등에 출전한 경험으로 《최척전》을 지었다.

최척과 옥영의 여정

만남과 이별의 기나긴 길

《최척전》은 최척과 옥영 일가의 헤어짐과 만남을 축으로 전개되는 이야기입니다. 헤어짐의 원인이 된 것은 바로 전쟁이지요. 전쟁 때문에 최척의 가족은 조선과 일본, 명나라, 안남으로 흩어지고, 또 극적인 만남을 이룹니다. 그들이 온몸으로 헤쳐 나간 여러 나라와 그 경로를 지도 위에서 찾아보고 주인공들과 함께 그 길을 걸어 봅시다.

옥영의 여정

한양 청파리 ▶ 강화도 ▶ 나주 ▶ 남원 ▶ 지리산 ▶ 나고야 ▶ 복건성 ▶ 안남 ▶ 항주 ▶ 서해의 섬 ▶ 순천 ▶ 남원

최척의 여정

남원 ▶ 영남 지방 ▶ 남원 ▶ 지리산 ▶ 소흥 ▶ 항주 ▶ 동정호 ▶ 청도 ▶ 안남 ▶ 항주 ▶ 요양 ▶ 은진 ▶ 남원

여유문이 죽은 후 최척이 방황한 곳 · 동정호

최척과 옥영이 극적으로 해후한 곳 · 안남

옥영이 부모님과
살았던 곳

최척이 귀국길에
진위경과 만난 곳

아버지가 돌아가시
고 옥영이 머문 곳

최척이 다시 전
쟁터로 나가 몽
석과 만난 곳

최척과 옥영이 처음 만나
고 마지막에 해후한 곳

● 요양

최척이 변사정의 의
병으로 참가한 곳

강화도 ● 청파리

나고야

● 청도

은진 남원 ▶ 영남 지방
● 지리산
나주 ● 순천

옥영이 주급돈우와
함께 일본으로 떠나
생활한 곳

최척이
방황한 곳

● 서해의 섬 옥영이 조선
으로 향하던
중 표류한 곳

옥영이 조선에
돌아와 도착한 곳

● 항주

옥영이 난리를
피해 들렀던 곳

최척이 방황한 곳이자 다시 만난
최척과 옥영이 새 삶을 시작한 곳

● 소흥

왜구의 침입으로 온
가족이 피란한 곳

최척이 여유문을
따라 떠난 곳

● 복건성

옥영이 주급돈우의
장삿길에 동행하여
도착한 곳

최척과 옥영이 함께한 여정

남원 ▶ 지리산
안남 ▶ 항주

깊이 읽기
운명도 이겨 낸
사랑의 힘

함께 읽기
전쟁으로 가족과
뿔뿔이 흩어진다면?

깊이 읽기
운명도 이겨 낸 사랑의 힘

● 경험으로 그려 낸 소설

헤밍웨이의 《누구를 위하여 종은 울리나》라는 소설을 읽어 본 적이 있나요? 혹은 톨스토이의 《전쟁과 평화》라는 작품은요? 이 소설은 모두 전쟁을 배경으로 펼쳐지는 사랑의 이야기를 다루고 있습니다. 전쟁은 인간성을 참혹하게 파괴하는 사건입니다. 그래서 전쟁을 겪은 사람일수록 인간이라는 존재의 의미를 탐구하고 사랑의 가치에 매달리기 마련입니다. 인간의 삶을 그려 낸 것이 문학 작품이라고 했을 때, 전쟁이야말로 문학 작품의 가장 좋은 소재인 셈입니다.

《최척전》도 전쟁을 배경으로 한 소설입니다. 전쟁 속에서 헤어지고 만나는 주인공의 이야기가 주요한 사건을 이루고 있지요. 소설 속의 전쟁은 조선 시대라는 중세 봉건제 사회에 일어났던 임진왜란과 정유재란입니다. 따라서 당시의 사회적 한계와 그에 맞닥뜨린 인간의 모습이 함께 담겨 있습니다.

《최척전》을 쓴 사람은 조선 인조 때 정치가 조위한입니다. 그는 명종 말년에 태어나 서른이 훨씬 넘은 늦은 나이에 벼슬길에 올랐으며, 55세 때인 광해군 13년(1621)에 이 작품을 썼습니다. 임진왜란이 일어났을 때 조위한은 벼슬자리에 있지 않았기 때문에 가족과 함께 전라북도 남원으로 피란을 갔습니다. 하지만 전쟁 중에 어머니가 돌아가셨고 아내와 딸까지 세상을 떠났습니다. 전쟁으로 가족을 잃은 그는 의병에 참여해 왜적과 맞서 싸우고, 명나라 군사와 교분을 맺기도 했습니다.

《최척전》은 이러한 작가의 경험이 고스란히 반영된 소설입니다. 주인공 최척과 옥영은 작가가 피란했던 남원에서 만납니다. 옥영은 한양에 살다가 전쟁을 피해 남원에 온 것으로 되어 있는데, 이는 조위한의 경험을 여주인공인 옥영에게 대입한 것이라고 할 수 있습니다.

소설 속에서는 최척이 의병으로 전쟁터에 나갑니다. 지은이가 의병장 김덕령의 휘하에서 싸워 본 경험을 반영한 것이지요. 작가는 명나라 군사들과 교유해 본 것을 살려 소설 속에서 최척이 여유문을 만나 명나라로 가는 내용을 넣기도 했습니다.

소설에는 이런 실제 경험뿐 아니라 전쟁의 참혹함도 실감나게 그려집니다. 왜구에게 참혹하게 살해된 사람들, 가족과 헤어져 세상 곳곳을 떠도는 처참한 모습 등 전쟁의 현장에서 지은이가 직접 겪은 상황들이 생생하게 전해지지요.

문학은 현실의 반영이라고 합니다. 또한 작품은 작가의 실제 경험에 상상력을 가미한 것이라고도 합니다. 그런 관점에서 《최척전》은 작가가 겪은 전쟁에 상상을 더하고, 이야기를 보다 사실적으로 그려 낸 경험적 소설이라고 할 수 있습니다.

● 적극적인 사랑 이야기

사랑은 동서고금을 막론하고 다뤄지는 문학 작품의 소재입니다. 수많은 작품이 사랑을 그려 냈지만, 오늘날에도 이를 주제로 삼은 여러 이야기가 탄생하고 있습니다. 사랑은 그만큼 다양하고 개성 있게 표현될 수 있는 소재이지요.

《최척전》도 최척과 옥영의 사랑 이야기가 중심을 이룹니다. 최척은 아버지의 뜻에 따라 글공부를 하러 간 스승의 집에서 옥영을 만납니다. 옥영은 최척을 눈여겨보다가 마음을 빼앗겨 여종을 통해 사랑을 고백하는 편지를 보냅니다. 옥영이 먼저 최척에게 관심을 가지고, 적극적으로 자기 의사를 표현한 것입니다.

이 소설이 지어진 시기가 중세 사회라는 것을 염두에 둔다면, 옥영의 행동이 당시 여성들이 할 수 있는 일반적인 것이 아님을 알 수 있습니다. 수동적인 태도를 미덕으로 삼던 대부분의 여성과 달리 옥영은 사랑을 적극적으로 찾고 쟁취합니다.

사랑에 대한 전형적인 고전인 《춘향전》을 보아도 그렇습니다. 춘향은 사랑이 무르익을수록 누구보다도 적극적으로 변하지만 첫 만남은 이 도령의 구애로 시작됩니다. 이성을 만나는 일에 수동적인 당시 여성의 모습을 보여 주지요.

김시습의 《금오신화》에는 〈이생규장전〉이라는 작품이 있습니다. '이생이 담을 엿본 이야기'라는 소설이지요. 이 소설의 도입 부분은 《최척전》과 아주 비슷합니다. 편지를 통해 사랑하는 사람과의 만남을 이루어 내기 때문입니다. 〈이생규장전〉에서는 이생이 먼저 최 낭자에게 편지를 전합니다. 어느 봄날 담 너머로 최 낭자를 훔쳐보다 반한 이생이 사랑의 시를 적어 전해주면서 사랑이 시작되지요.

반면 《최척전》의 편지는 옥영이 먼저 보냅니다. 글공부를 하러 다니는 최척을 지켜보던 옥영이 시를 적어 보내면서 둘의 사랑은 시작됩니다. 여성이 먼저 나서서 사랑을 쟁취해 내는 것이 《최척전》에 담긴 사랑의 표현 방식입니다.

옥영의 사랑은 시작만 적극적인 것이 아닙니다. 옥영은 최척과 혼인하는 것을 마땅치 않게 생각하는 어머니를 적극적으로 설득하기도 합니다. 최척 집안의 형편이 넉넉지 못하다는 어머니의 말에 "아무리 집안이 부유하고 지체가 높다고 해도 사람 됨됨이가 올곧지 못하면 소용이 없다."라며 최척과의 결혼 의지를 굽히지 않습니다. 결혼을 약속한 최척이 의병에 나가 돌아오지 않을 때에도 다른 사람에게 시집갈 상황이 되자 목을 매 자결하려 하면서까지 최척과의 사랑을 지켜 냅니다. 옥영은 남편과 이별하고 명나라에 남았을 때도 아들의 망설임을 뿌리치고 직접 바다를 건너 조선으로 돌아올 계획을 세우는 등 대담하고 용감한 모습을 보여 줍니다.

이는 여느 고전 소설에 등장하는 여주인공과 판이하게 다릅니다. 어쩔 수 없이 겪게 된 전쟁에 맞서 적극적으로 자기 행동을 결정하고 사랑을 이루는 능동적인 여성상을 보여 주지요. 중세 여성의 새로운 상이 《최척전》에서 비로소 출현한 것입니다.

이처럼 《최척전》은 우리 고전 소설 중에서는 드물게 적극적인 여성의 모습을 담고 있습니다. 물론 소설의 배경이 되는 시대가 중세이니만큼 사회적, 신분적인 한계를 뛰어넘지 못한 부분도 있습니다. 그러나 사랑에 대한 태도에서만큼은 근대적 의식을 보여 준다고 할 정도입니다. 운명에 맞서 사랑을 이루어 내는 옥영의 적극적인 태도가 이 소설의 중요한 주제 중 하나라고 할 수 있습니다.

● 우연과 필연, 만남과 헤어짐

《최척전》의 중심인물은 최척과 옥영입니다. 소설은 이 두 사람의 만남과 헤어짐을 반복적으로 그려 내고 있습니다. 최척과 옥영이 처음 만난 곳은 최척이 공부하러 간 스승의 집입니다. 그 만남은 결혼 약속으로 이어지지만, 최척이 의병에 나가면서 이내 헤어짐이 찾아옵니다. 이후 최척이 무사히 돌아와 둘은 혼인을 하지만, 왜란이 일어나 무참히 이별을 맞습니다. 오랜 헤어짐 끝에 베트남에서 재회의 기쁨을 나누는 것도 잠시, 최척이 다시 오랑캐와의 전쟁에 끌려 나가면서 이역만리 떨어진 두 사람은 마지막에 옥영이 최척을 찾아 고향으로 돌아오면서 끝내 만남을 이룹니다.

만남과 헤어짐은 필연인 경우도 있고 우연인 경우도 있지요. 우연의 반복은 고전 소설의 한계를 보여 주지만, 당시의 사회상을 반영한 필연들도 함께 등장합니다.

첫 번째와 두 번째 헤어짐은 임진왜란, 정유재란 때문에 일어났습니다. 개인적인 문제가 아니라 전쟁이라는 사회적 참상 때문에 사랑하는 사람과 가족이 헤어져야 하는 현실은 당시의 백성이 느낀 보편적인 아픔이었을 것입니다. 세 번째 이별도 역시 전쟁 때문에 벌어집니다. 오랑캐의 침략 때문에 남의 나라 전쟁에 끌려간 최척은 조선으로 돌아오고, 옥영은 중국에 남음으로써 둘은 이산의 아픔을 겪습니다.

《최척전》은 전쟁 때문에 헤어져야만 했던 두 남녀의 가혹한 운명을 역사적 사실을 배경으로 그려 내고 있는 작품입니다. 실제로 작가는 '기이한 만남'이라는 의미의 《기우록(奇遇錄)》이라는 표제를 작품에 붙이기도 했습니다.

● 다국적 배경의 고전 소설

최척과 옥영은 남원에서 만나 사랑을 시작했습니다. 남원은 《춘향전》의 무대이기도 하고 《금오신화》의 한 작품인 〈만복사저포기〉의 배경이기도 합니다. 남원은 호남의 중심이지만, 조선의 수도였던 한양에서는 멀리 떨어진 지역이었습니다. 《최척전》은 조선의 남쪽에 있는 작은 고을 남원에서 시작해 그 무대를 국제적으로 확대합니다.

옥영은 왜구에게 잡혀 일본의 나고야로 갑니다. 옥영이 의탁한 주급돈우는 지금으로 치면 국제 무역을 하는 상인이었습니다. 그는 유구국과 중국, 멀리는 베트남까지 물건을 싣고 장사를 다녔는데 옥영도 함께 이 지역들을 돌아다닙니다.

한편 최척은 명나라 장수 여유문을 따라 중국 절강성 소흥으로 갑니다. 여유문이 죽자 최척은 항주로 거처를 옮긴 뒤, 친구 주우와 함께 차를 팔러 다닙니다. 장사를 하기 위해 베트남까지 간 최척은 그곳에서 아내 옥영과 만나게 됩니다.

《최척전》은 당시로서는 상상하기 힘들 정도로 넓은 지역을 배경으로 삼아 이야기를 전개하고 있습니다. 조선의 남원, 일본 나고야, 중국, 베트남으로 이어지는 지역적 배경은 이 소설이 창작된 시기의 세계 인식을 보여 줍니다.

임진왜란과 정유재란을 겪으며 많은 사람이 일본으로 끌려갔습니다. 기록에 의하면 만 명이 넘는 사람들이 포로로 잡혀갔다고 합니다. 또한 지원군으로 조선 땅에 온 명나라 군사를 따라 중국으로 건너간 사람도 많았습니다. 전쟁이 끝난 뒤 상당수는 귀국했는데, 이들을 통해 다른 나라의 이야기가 널리 퍼졌을 것입니다.

이러한 시대적 배경이 이 소설에 녹아들어 이야기의 무대를 조선만이 아니라 아시아 전체로 확대할 수 있는 근거가 되었을 것입니다. 《최척전》은 전쟁 후에 변화된 백성의 국제적 인식을 반영하면서, 이전 시기의 소설들이 흔히 가지는 비현실성을 깨고 사실성을 갖추었다는 점에서 새롭게 평가받았습니다.

흔히 이 작품은 '한문 애정 전기 소설'이라고 불립니다. 《최척전》은 '한문' 소설이고 최척과 옥영의 '애정'을 다루었으며, '전쟁'으로 겪은 '기이한 이야기(전기)'라는 것이지요. 16세기 말부터 17세기 초반까지의 당시 현실을 사실적으로 그려 내면서, 전쟁과 이산으로 인한 백성의 아픈 삶을 들려주고 있다는 점에서 《최척전》은 주목받고 있습니다. 소설을 읽으면서 최척, 옥영과 함께 낯선 곳을 떠도는 아픔을 느껴 보는 동시에, 사랑하는 이들이 극적으로 만나 누리는 기쁨도 함께해 보는 것은 어떨까요?

함께 읽기

전쟁으로 가족과 뿔뿔이 흩어진다면?

● 전쟁은 인간성을 파괴하는 재난입니다. 최척이나 옥영이 맞닥뜨린 임진왜란도 그 시대를 살아간 사람들에게는 참혹한 고통이었을 것입니다. 만약 임진왜란이 일어난 당시에 살았다면, 전쟁이 내게 어떤 아픔으로 다가올지 상상해 보고, 이야기를 나누어 봅시다.

● 《최척전》에 나오는 여러 지명 중 내가 여행하고 싶은 곳 하나를 선택해, 그곳의 역사와 문화, 과거와 현재에 대해 조사해 봅시다.

● 임진왜란과 병자호란이 일어난 배경에는 국제적인 외교 문제가 긴밀하게 얽혀 있지요. 두 전쟁은 각각 어느 나라와 관련이 있는지, 전쟁이 일어난 이유는 무엇인지 알아봅시다.

● 옥영은 고전 소설의 여성 주인공으로서는 보기 드물게 적극적인 인물입니다. 어려움에 부딪혀도 절망하지 않고 스스로의 생각과 힘으로 어려움을 이겨 내려고 애쓰는 여성이지요. 《춘향전》의 춘향, 《심청전》의 심청, 《운영전》의 운영, 《숙향전》의 숙향과 《최척전》의 옥영의 성격을 비교해 보고, 재난에 맞서는 이들의 자세가 어떻게 다른지 이야기해 봅시다.

● 《최척전》은 영화로 치면 재난 영화라고 할 수 있습니다. 전쟁 속에서 만남과 이별을 겪는 것이 재난 이야기의 기본 틀이지요. 자신이 본 재난 영화를 떠올려 보고, 최척과 옥영이 겪은 재난과 영화 속의 재난이 어떻게 다른지 이야기해 봅시다.

● 《최척전》에는 우연을 통해 벌어지는 이야기가 여러 번 나옵니다. 우연한 사건은 고전 소설의 특징 중 하나라고 하지요. 이 소설에 나오는 우연한 사건들을 정리해 보고, 이것이 소설의 줄거리 전개에 어떤 결과를 가져오는지 이야기해 봅시다.

참고 문헌

김대현, 《테마가 있는 생활 한자》, 사계절출판사, 1995.

김언종, 《한자의 뿌리 1, 2》, 문학동네, 2001.

노성환, 《일본에 남은 임진왜란》, 제이앤씨, 2011.

역사신문편찬위원회, 《역사신문 3, 4》, 사계절출판사, 1996.

이배용, 《우리나라 여성들은 어떻게 살았을까 1》, 청년사, 1999.

한국고문서학회, 《조선시대 생활사》, 역사비평사, 1996.

한국민족문화대백과사전 편찬부, 《한국민족문화대백과사전》, 한국정신문화연구원, 1997.

국어시간에 고전읽기 7

최척전, 세상이 나눈 인연 하늘이 이어 주니

1판 1쇄 발행일 2014년 5월 12일
1판 8쇄 발행일 2023년 9월 25일

기획 전국국어교사모임
지은이 최성수
그린이 민은정

발행인 김학원
발행처 (주)휴머니스트출판그룹
출판등록 제313-2007-000007호(2007년 1월 5일)
주소 (03991) 서울시 마포구 동교로23길 76(연남동)
전화 02-335-4422 **팩스** 02-334-3427
저자·독자 서비스 humanist@humanistbooks.com
홈페이지 www.humanistbooks.com
유튜브 youtube.com/user/humanistma **포스트** post.naver.com/hmcv
페이스북 facebook.com/hmcv2001 **인스타그램** @humanist_insta

편집책임 문성환 **편집** 윤무재 **디자인** 김태형 유주현 림어소시에이션
스캔·출력 이희수 com. **용지** 화인페이퍼 **인쇄** 청아디앤피 **제본** 민성사

ⓒ 최성수·민은정, 2014

ISBN 978-89-5862-697-8 44810